우리고전 100선 11

다산의 마음—정약용 산문 선집

우리고전 100선 11

**다산의 마음—정약용 산문 선집**


2008년 6월 30일  초판 1쇄 발행
2024년 10월 25일  초판 14쇄 발행


편역          박혜숙
기획          박희병
펴낸이        한철희
펴낸곳        돌베개
책임편집      이경아 이혜승
편집          조성웅 김희진 고경원 한계영 신귀영
디자인        박정은 박정영 이은정
디자인기획    민진기디자인
표지그림      전갑배(일러스트레이터, 서울시립대학교 시각디자인대학원 교수)


등록          1979년 8월 25일 제406-2003-000018호
주소          (10881) 경기도 파주시 회동길 77-20 (문발동)
전화          (031) 955-5020
팩스          (031) 955-5050
홈페이지      www.dolbegae.co.kr
전자우편      book@dolbegae.co.kr


ⓒ박혜숙, 2008


ISBN 978-89-7199-314-9 04810
ISBN 978-89-7199-250-0 (세트)

우리고전 100선 11

# 다산의 마음

—

# 정약용 산문 선집

박혜숙 편역

돌베
개

지금 세계화의 파도가 높다. 현재 진행되고 있는 세계화는 비단 '자본'의 문제이기만 한 것이 아니라, '문화'와 '정신'의 문제이기도 하다. 그 점에서, 세계화에 어떻게 대응할 것인가 하는 것은 우리의 생존이 걸린 사활적(死活的) 문제인 것이다. 이 총서는 이런 위기의식에서 기획되었으니, 세계화에 대한 문화적 방면에서의 주체적 대응이랄 수 있다.

생태학적으로 생물다양성의 옹호가 정당한 것처럼, 문화다양성의 옹호 역시 정당한 것이며 존중되지 않으면 안 된다. 그럼에도 세계화의 추세 속에서 문화다양성은 점점 벼랑 끝으로 내몰리고 있는 것처럼 보인다. 하지만 문화적 다양성 없이 우리가 온전하고 행복한 삶을 살 수 있겠는가. 동아시아인, 그리고 한국인으로서의 문화적 정체성은 인권(人權), 즉 인간권리의 문제이기도 하기 때문이다. 그래서 우리 고전에 대한 새로운 조명과 관심의 확대가 절실히 요망된다.

우리 고전이란 무엇을 말함인가. 그것은 비단 문학만이 아니라, 역사와 철학, 예술과 사상을 두루 망라한다. 그러므로 일반적으로 알려져 있는 것보다 훨씬 광대하고, 포괄적이며, 문제적이다.

하지만, 고전이란 건 따분하고 재미없지 않은가? 이런 생각의 상당 부분은 편견일 수 있다. 그리고 이런 편견의 형성에는 고전을 연구하는 사람들에게 큰 책임이 있다. 시대적 요구에 귀 기울이지 않은 채 딱딱하고 난삽한 고전 텍스트를 재생산해 왔으니까. 이런 점을 자성하면서 이 총서는 다음의 두 가지 점에 특히 유의하고자 한다. 하나는, 권위주의적이고 고지식한 고전의 이미지를 탈피하는 것. 둘은, 시대적 요구를 고려한다는 그럴듯한 명분을 내세워 상업주의에 영합한 값싼 엉터리 고전책을 만들지 않도록 하는 것. 요컨대, 세계 시민의 일원인 21세기 한국인이 부담감 없이 '쉽게' 접근할 수 있는, 그러면서도 품격과 아름다움과 깊이를 갖춘 우리 고전을 만드는 게 이 총서가 추구하는 기본 방향이다. 이를 위해 이 총서는, 내용적으로든 형식적으로든, 기존의 어떤 책들과도 구별되는 여러 가지 모색을 시도하고 있다. 그리하여 고등학생 이상이면 읽고 이해할 수 있도록 번역에 각별히 신경을 쓰고, 작품에 간단한 해설을 붙이기도 하는 등, 독자의 이해를 돕고자 하였다.

특히 이 총서는 좋은 선집(選集)을 만드는 데 큰 힘을 쏟고자 한다. 고전의 현대화는 결국 빼어난 선집을 엮는 일이 관건이자 종착점이기 때문이다. 이 총서는 지난 20세기에 마련된 한국 고전의 레퍼토리를 답습하지 않고, 21세기적 전망에서 한국의 고전을 새롭게 재구축하는 작업을 시도할 것이다. 실로 많은 난관이 예상된다. 하지만 최선을 다해 앞으로 나아가고자 한다. 그리하여 비록 좀 느리더라도 최소한의 품격과 질적 수준을 '끝까지' 유지하고자 한다. 편달과 성원을 기대한다.

박희병

다산 정약용(茶山 丁若鏞, 1762~1836)은 우리 역사상 가장 광범한 영역에 걸쳐 가장 방대한 저술을 남긴 분이다. 그는 평생토록 저술하고 또 저술했다. 관직 생활 중에도 유배 생활 중에도, 넉넉할 때에도 궁핍할 때에도, 기쁠 때에도 슬플 때에도, 젊어서도 늙어서도, 건강할 때에도 아플 때에도 쉬지 않고 저술했다. 오래도록 앉아서 저술하느라 복사뼈가 세 번이나 내려앉을 정도였다.

저술의 범위는 문학·철학·정치·경제·역사·지리·과학·의학 등에 걸쳐 있고, 그 양은 5백 권이 훨씬 넘는다. 단지 범위가 넓고 양이 많은 것만이 아니다. 그 애민시(愛民詩)의 절절함은 두보(杜甫)의 시를 능가하며, 경전 연구의 합리성과 엄밀성은 2천 년 유학사(儒學史)에서 한 탁월한 경지를 이루었다. 사회사상의 비판성과 혁신성은 전통 시대 동아시아 사상의 최고 수준을 보여 주며, 현실에 바탕을 둔 백과전서적 학문은 조선 실학의 집대성이라고 할 수 있다. 단지 수준이 높은 것만이 아니다. 참으로 깊이가 있다. 단지 깊은 것만이 아니다. 자신과 현실 세계를 예리하게 관찰함으로써 거짓과 허황됨을 배격하였고, 철저히 진실과 사실에 입각하여 저술하였다. 단지 진실과 사실을 추구한 것만이 아니다. 자신이 더 나은 인간이 되고 조선 사회가 더 나은 세상이 되길 간절히 바라며 평생토록 노력과 희망을 포기하지 않았다.

다산의 저술을 마주하면 우리는 흡사 장님이 되어 코끼리를 만지는 듯한 느낌이 든다. 다산에 관한 오늘날의 선집이나 논저들을 보아도 다산의 겉모습을 두루 보여 주기는 하지만 정작 그 본질은 놓친 경우도 있고, 그 본질을 주목했지만 일면만을 다룬 경우도 있으며, 비판성과 혁신성을 중시하다 보니 내면성은 간과한 경우도 있고, 인간적 측면을 부각하다 보니 사회적 측면은 소홀히 한 경우도 있다. 그런 만큼 오늘날 독자들이 다산의 전모를 짐작이라도 하는 것은 쉽지 않은 일이다.

이 책은 다산의 산문 선집이다. 이 선집은 또 하나의 '장님 코끼리 만지기'에 지나지 않을 수 있다. 하지만 '장님 코끼리 만지기'에서 문제는, 스스로가 장님이라는 사실에 대한 무자각(無自覺)과 자기가 본 것만이 진리라고 여기는 아만(我慢)에 있다. 스스로 인식의 주관성과 부분성을 자각하고 타인과의 대화와 소통을 통해 자기 견해를 수정하고 보완할 수 있다면, 비록 장님일지라도 코끼리의 전모에 보다 가까이 다가갈 수 있을 터이다.

이 선집은 다산의 인간됨과 사유를 좀 더 전면적으로 이해하는 데 목적이 있다. 그 사상의 비판성과 혁신성을 주목하되, 그의 내면성과 감수성을 아울러 이해하려고 한다. 학자나 사상가로서의 다산만이 아니라 자기성찰적 존재로서의 다산을 주목하려고 한다. 비판적 지식인으로서의 다산만이 아니라 진지하고 다정다감하며 고뇌하는 한 인간으로서의 다산을 주목하려고 한다.

이 선집은 여섯 개의 장으로 이루어져 있다. '나를 찾아서'에서는 다산의 내면적 성찰을 볼 수 있다. '파리를 조문한다'에서는 그의 현실 비판과 민중에 대한 애정을 확인할 수 있다. '가을의 음악'에서는 다산의 감성과 정서를 느낄 수 있다. '우리 농이가 죽다니'에서는 평범한 가장이자 가족 구성원으로서의 다산의 모습을 접할 수 있다. '밥 파는 노파'에서는 다양한 인물들에 대한 그의 따뜻한 관심을 엿볼 수 있다. '멀리 있는 아이에게'에서는 자상한 아버지이자 엄격한 스승으로서의 다산을 만날 수 있다.

현재의 우리가 과거의 다산에게서 무엇을 배울 것인가 하는 점을 염두에 두며 선집의 글을 선별하고 번역하였다. 오늘날에도 우리가 다산의 글을 읽는 이유는 그 명성이나 풍문 때문만은 아닐 것이다. 지금 이 글을 읽는 한 분 한 분이 2백 년의 시간을 뛰어넘어 다산의 생생한 마음을 직접 느끼는 데 이 선집이 조금이나마 도움이 될 수 있기를 기대한다.

2008년 6월
박혜숙

# 차례

**004**    간행사

**006**    책머리에

**217**    해설

**236**    정약용 연보

**240**    작품 원제

**243**    찾아보기

# 나를 찾아서

021  '나'를 지키는 집

025  좌천의 즐거움과 괴로움

027  퇴계 선생을 우러르며

034  관아(官衙)를 새로 짓고

037  '여유당'(與猶堂)이라 이름 붙인 뜻

040  네 가지의 마땅함

042  떠 있는 삶

046  유배 생활 12년

050  괴로움은 즐거움의 뿌리다

053  가진 것은 덧없다

056  어떻게 살 것인가

058  바로 '이'〔斯〕

# 파리를 조문(弔問)한다

063     목민관은 누구를 위해 있는가?

066     토지는 균등하게 분배되어야 한다

068     토지의 공동 소유를 제안함

070     선비도 생산적인 노동을 해야 한다

072     신하가 임금을 몰아낼 수 있는가?

076     고구려는 왜 멸망했을까?

078     음악은 왜 필요한가?

080     참된 시(詩)란?

083     정치 잘하는 법

086     술자리에서 사람 보는 법

089     파리를 조문한다

094     백성들이 죽어 가고 있다

# 가을의 음악

101 겨울 산사(山寺)에서

103 가을 맑은 물

105 나의 아름다운 뜰

108 벽 위의 국화 그림자

111 부처 사는 삶

114 임금님의 깊은 마음

116 내가 바라는 삶

119 취한 사람, 꿈꾸는 사람

122 집

124 가을의 음악

126 근심도 없이 두려움도 없이

128 바쁘지만 바쁘지 않은

## 우리 농(農)이가 죽다니

133  내 어린 딸

136  우리 농이

140  자식 잃은 아내 마음

142  아아, 둘째 형님

145  그리운 큰형수님

148  아내의 치마폭에 쓰는 글

## 밥 파는 노파

153  예술가 장천용

156  백성 이계심

158  인술을 펼친 몽수

163  효자 정관일

168  화악 선사(華嶽禪師)

172  기이한 승려

174  밥 파는 노파

# 멀리 있는 아이에게

179 첫 유배지에서

182 오직 독서뿐

188 새해 첫날

193 남의 도움을 바라지 마라

196 가을 하늘을 솟아오르는 한 마리 매처럼

200 두 글자의 부적

204 재물을 오래 간직하는 법

206 천하의 두 가지 큰 기준

211 우리 집안의 가풍

213 사치하지 마라

정약용 산문 선집 — 다산의 마음

나를 찾아서

# '나'를 지키는 집

수오재(守吾齋), 즉 '나를 지키는 집'은 큰형님[1]이 자신의 서재에 붙인 이름이다. 나는 처음 그 이름을 보고 의아하게 여기며, "나와 단단히 맺어져 서로 떠날 수 없기로는 '나'보다 더한 게 없다. 비록 지키지 않는다 한들 '나'가 어디로 갈 것인가. 이상한 이름이다"라고 생각했다.

장기[2]로 귀양 온 이후 나는 홀로 지내며 생각이 깊어졌는데, 어느 날 갑자기 이러한 의문점에 대해 환히 깨달을 수 있었다. 나는 벌떡 일어나 다음과 같이 말했다.

천하 만물 중에 지켜야 할 것은 오직 '나'뿐이다. 내 밭을 지고 도망갈 사람이 있겠는가? 그러니 밭은 지킬 필요가 없다. 내 집을 지고 달아날 사람이 있겠는가? 그러니 집은 지킬 필요가 없다. 내 동산의 꽃나무와 과실나무들을 뽑아 갈 수 있겠는가? 나무뿌리는 땅속 깊이 박혀 있다. 내 책을 훔쳐 가서 없애 버릴 수 있겠는가? 성현(聖賢)의 경전은 세상에 널리 퍼져 물과 불처럼 흔한데 누가 능히 없앨 수 있겠는가. 내 옷과 양식을 도둑질하여 나를 궁색하게 만들 수 있겠는가? 천하의 실이 모두 내 옷이 될

---

1_ 큰형님: 다산의 큰형님은 정약현(丁若鉉, 1751~1821)이다. 신유박해(1801)로 집안이 풍비박산 났지만, 자신과 집안을 잘 지켜 냈다.

2_ 장기(長鬐): 경상북도 포항시 장기면. 다산은 신유박해로 인해 그 해 3월에서 10월까지 장기에서 유배 생활을 했다.

수 있고, 천하의 곡식이 모두 내 양식이 될 수 있다. 도둑이 비록 훔쳐 간다 한들 하나 둘에 불과할 터, 천하의 모든 옷과 곡식을 다 없앨 수는 없다. 따라서 천하 만물 중에 꼭 지켜야만 하는 것은 없다.

그러나 유독 이 '나'라는 것은 그 성품이 달아나기를 잘하며 출입이 무상하다. 아주 친밀하게 붙어 있어 서로 배반하지 못할 것 같지만 잠시라도 살피지 않으면 어느 곳이든 가지 않는 곳이 없다. 이익으로 유혹하면 떠나가고, 위험과 재앙으로 겁을 주면 떠나가며, 질탕한 음악 소리만 들어도 떠나가고, 미인의 예쁜 얼굴과 요염한 자태만 보아도 떠나간다. 그런데 한번 떠나가면 돌아올 줄 몰라 붙잡아 만류할 수가 없다. 그러므로 천하 만물 중에 잃어버리기 쉬운 것으로는 '나'보다 더한 것이 없다. 그러니 꽁꽁 묶고 지물쇠로 잠가 '나'를 굳게 지켜야 하지 않겠는가?

나는 '나'를 허투루 간수했다가 '나'를 잃은 사람이다. 어렸을 때는 과거 시험을 좋게 여겨 그 공부에 빠져 있었던 것이 10년이다. 마침내 조정의 벼슬아치가 되어 사모관대에 비단 도포를 입고 백주 대로를 미친 듯 바쁘게 돌아다니며 12년을 보냈다. 그러다 갑자기 상황이 바뀌어 친척을 버리고 고향을 떠나 한강을 건너고 문경 새재를 넘어 아득한 바닷가 대나무 숲이 있는 곳에 이르러서야 멈추게 되었다. 이때 '나'도 땀을 흘리고 숨을 몰아쉬며 허둥지둥 내 발뒤꿈치를 쫓아 함께 이곳에 오게 되었다. 나는 '나'에게 말했다.

"너는 무엇 때문에 여기에 왔는가? 여우나 도깨비에게 홀려서 왔는가? 바다의 신이 불러서 왔는가? 너의 가족과 이웃이 소내3-에 있는데, 어째서 그 본고장으로 돌아가지 않는가?"

그러나 '나'는 멍하니 꼼짝도 않고 돌아갈 줄을 몰랐다. 그 안색을 보니 마치 얽매인 게 있어 돌아가려 해도 돌아갈 수 없는 듯했다. 그래서 '나'를 붙잡아 함께 머무르게 되었다.

이 무렵, 내 둘째 형님4- 또한 그 '나'를 잃고 남해의 섬으로 가셨는데, 역시 '나'를 붙잡아 함께 그곳에 머무르게 되었다.

유독 내 큰형님만이 '나'를 잃지 않고 편안하게 수오재에 단정히 앉아 계신다. 본디부터 지키는 바가 있어 '나'를 잃지 않으신 때문이 아니겠는가? 이것야말로 큰형님이 자신의 서재 이름을 '수오'라고 붙이신 까닭일 것이다. 일찍이 큰형님이 말씀하셨다.

"아버지께서 나의 자(字)를 태현(太玄)5-이라고 하셨다. 나는 홀로 나의 태현을 지키려고 서재 이름을 '수오'라고 하였다."

이는 그 이름 지은 뜻을 말씀하신 것이다.

맹자께서 말씀하시기를, "무엇을 지키는 것이 큰일인가? 자신을 지키는 것이 큰일이다"라고 하셨는데, 참되도다, 그 말씀

---

3_ 소내: 소천(苕川). 현재 경기도 남양주시 조안면 능내리 마현마을. 마현(馬峴), 마재, 두릉 (斗陵), 능내(陵內) 등으로도 불린다.

4_ 둘째 형님: 정약전(丁若銓, 1758~1816)이다. 신유박해 때 신지도로 유배 갔다가 나중에 다시 흑산도로 옮겨져 그곳에서 세상을 떠났다.

5_ 태현(太玄): '심오하고 현묘한 이치'를 뜻하는 말.

이여!

　드디어 내 생각을 써서 큰형님께 보여 드리고 수오재의 기문
(記文)으로 삼는다.

---

다산의 인생에서 분기점이 되는 글이다. 신유박해 이후 다산은 18년에 걸친 유배 생활
을 하게 된다. 이때 그의 나이 40세였다. 외견상 그의 삶은 끝났다. 어떤 희망도 없었다.
그런데 오히려 다산은 지나간 40년의 인생이 진정한 나를 잃어버리고 살았던 시간임을
홀연 깨닫는다. 이제 진정한 나를 찾을 수 있는 기회가 주어진 것이다. 그런 깨달음은
지독한 고통과 고독과 자기응시 속에서 이루어진 것이었다. 어떻게 살아야 하는가? 어
떻게 해야 참된 나로서 살아가는 것인가? 그 답을 향해 가는 도정이 이후 그의 삶이기
도 하다.

# 좌천의 즐거움과 괴로움

오죽헌(梧竹軒)은 금정역1_ 찰방2_이 거처하는 곳이다. 뜰 앞에 벽오동 한 그루와 대나무 여러 그루가 있어, 오죽헌3_이라 이름했다.

찰방은 7품 직이다. 을묘년(1795) 가을에 나는 승지 직에 있다가 금정역 찰방으로 좌천되었다. 조정의 관리들 중에는 글을 보내 나를 위로하는 사람이 많았다. 그러나 찰방 직에는 세 가지 즐거움이 있다. 밖으로 나갈 때 빠른 말을 탈 수 있는 것이 첫 번째 즐거움이요, 혹 해당 관내의 산수를 유람할 때면 가는 곳마다 식량이 준비되어 있으니 이것이 두 번째 즐거움이요, 평소 일이 적어 미곡 관리나 송사(訟事)나 문서 작성 등 지방 수령의 번다한 업무가 없으니 이것이 세 번째 즐거움이다.

이 고을의 선비들 중에는 와서 보고 내 처지를 축하하는 사람도 있었지만, 나는 아니라고 대답했다. 조정의 관리들이 나를 위로하는 것이나 고을 선비들이 나를 축하하는 것은 모두 내 생각과는 다르다.

대개 벼슬이라는 것은 갑자기 승진하면 쉽게 꺾이고, 총애는 늘 융성하다가도 쉽게 쇠한다. 내가 3품에서 7품으로 좌천된 것

---

1_ 금정역(金井驛): 금정은 충청남도 청양군에 속한 땅이다. 당시 역참(驛站)이 있었다.

2_ 찰방(察訪): 종7품에 해당하는 지방관으로, 해당 구역을 다스리고 역참을 관리하던 직책이다. 1795년 주문모 사건으로 인해 다산은 금정찰방으로 좌천되어, 5개월 가량 근무했다.

3_ 오죽헌: 오동나무와 대나무가 있는 집이라는 뜻.

4_ 괴로움: 뒤에 말한 찰방 직의 세 가지 괴로움과 관련된다.

은 다행한 일이니 슬퍼할 게 못 된다. '찰방'(察訪)이라는 직책은 괴로움4을 살피고[察] 병폐를 찾는[訪] 것이다. 말이 병들어 상태가 좋지 않으면 찰방의 죄이고, 역부(驛夫)의 노역이 공평하지 않아 원망이 있으면 찰방의 죄이고, 임금의 명을 받아 서울에서 잠시 파견되어 온 관리가 법을 어기고 제멋대로 하여 말과 사람들을 고달프게 할 때 법에 의거해 그런 짓을 그만두게 하지 못하면 찰방의 죄이다. 이는 찰방 직의 괴로움이니 마냥 기뻐할 것은 못 된다.

앞의 세 가지 즐거움만 누리고 뒤의 세 가지 괴로움을 알지 못하면 장차 귀양살이를 면치 못할 터이니, 그렇게 되면 어찌 7품 직이나마 바랄 수 있겠는가. 나는 이로써 스스로를 격려하고, 글을 지어 벽에 써 놓아 뒤에 올 사람에게 알린다.

---

괴로운 상황 속에서도 즐거움을 발견하고, 즐거움 속에서도 조심하는 마음을 잃지 않는다. 엎치락뒤치락하는 세상의 파도 속에서도 중심을 잃지 않으려 노력하는 젊은 다산의 모습이 잘 나타나 있다. 그의 나이 34세 때의 글이다.

# 퇴계 선생을 우러르며1_

## 1

사람들은 늘 스스로를 가볍게 여기고 스스로를 함부로 취급한다. 그러므로 입에서 나오는 대로 남의 험담이나 칭찬을 하고, 손길 가는 대로 남을 깎아내리거나 추어올리는 글을 쓴다. 자신으로 인해 다른 사람의 영예와 치욕, 이득과 손해가 판이하게 달라지는 것은 생각지 않는다.

인정해서는 안 될 사람을 인정하면 그 잘못이 오히려 나에게 있지만, 배척해서는 안 될 사람을 배척하면 장차 그 사람이 피해를 입게 되니, 신중하지 않아서야 되겠는가.

하물며 은혜와 원한이 흔히 말 한마디에서 비롯되고 화(禍)와 복이 때로 글자 한 자 때문에 생겨나니, 명철한 선비는 마땅히 독실하게 마음에 새겨야 할 것이다.

1_ 퇴계(退溪) 선생을 우러르며: 다산은 금정찰방으로 있으면서 매일 『퇴계집』에 실린 편지 글을 읽고, 그에 대한 자신의 사유와 성찰을 「도산사숙록」(陶山私淑錄)이라는 글로 남겼다. 이 글은 「도산사숙록」에서 발췌한 것이다.

**2**

세상의 문인이나 학자들은 혹 한 글자 한 구절이라도 남의 지적을 받으면 속으로는 그 잘못을 깨닫고도 둘러대거나 꾸며대며 승복하지 않는다. 심지어는 발끈 화를 내고 속으로 벼르고 있다가 때로 상대방을 해치고 보복을 하는 경우도 있으니, 이런 행태를 보고 어찌 느끼는 바가 없겠는가?

어찌 글쓰기에서만 그렇겠는가? 말하고 행동하는 모든 상황 중에 더욱 이처럼 할 우려가 있으니, 거듭 생각하고 살펴서 이런 병통을 힘써 없애야 할 것이다. 진실로 바르게 깨달았다면 곧장 고쳐 주저 없이 선(善)으로 나아가야 형편없는 소인배가 되지 않을 것이다.

**3**

나는 평소에 큰 병통이 있다. 무릇 생각하는 바가 있으면 글로 쓰지 않고는 못 견디고, 글을 쓰고 나면 남에게 보여 주지 않고는 못 견딘다. 생각이 떠오르면 붓을 잡고 종이를 펼친 뒤 조금의 망설임도 없이 써 내려간다. 다 쓰고 나서는 스스로 좋아하고 스스로 아껴서 글을 조금이라도 아는 사람을 만나기만 하면 내 글이 온전한지 편벽된지, 상대방이 나와 친한지 아닌지 헤아려 보지도 않고 성급히 보여 주려 한다.

그러므로 한바탕 다른 사람과 말을 하고 나면 내 마음속과 글상자 속에는 아무것도 남아 있는 것이 없음을 느끼곤 했다. 그러니 정신과 기혈이 온통 흩어지고 새어 나가 차곡차곡 쌓이고 길러지는 게 없었다. 이러고서야 어찌 성령(性靈: 본래의 참된 마음)을 함양하고 내 몸과 이름을 보전할 수 있겠는가.

근래에 와서 점검해 보니 이는 모두 '경천'(輕淺: 가벼움과 얕음) 두 글자가 빌미가 된 것이다. 이런 태도는 재능을 감추고 하늘로부터 받은 목숨을 온전히 기르는 공부에 크게 해롭다. 뿐만 아니라, 비록 글의 내용과 수사가 대단하고 화려하다 할지라도 점점 천하고 비루해져 남들에게 존중을 받기가 어렵다.


### 4


허명(虛名)이 높으면 그로 말미암아 비방이 일어나고 그로 말미암아 재앙이 생긴다.

내가 평생 총명함이 부족한데도 모르는 사람들은 혹 "기억력이 좋다"고 한다. 이런 말을 들을 때마다 나도 모르게 진땀이 나고 송구스럽다. 이런 말을 태연히 받아들이며 사람들이 속는 것을 즐기고만 있다가, 하루아침에 천근이나 되는 무거운 짐을 조그만 난쟁이에게 지워서 떠메고 일어서라고 요구하듯이 사람들이 내게 요구한다면 본래의 재주가 드러나 옴짝달싹도 못하고 어디라 몸 둘 곳이 없을 터이다. 마치 난생처음 나귀를 본 호랑이가 처음에는 겁을 내다가 나중에는 그 대단찮음을 알고 물어 죽이는 것과 같은 그런 상황에 처하게 될 것이다.[2] 이는 참으로 두려워할 일이다.


# 5


예로부터 성현(聖賢)들이 모두 허물 고치는 것을 귀하게 여겼고, 허물을 고친다면 애초에 허물이 없는 것보다 낫다고 여기기도 했으니, 이것은 어째서인가?

대개 사람의 마음이란 자신의 허물에 대해 처음에는 부끄러워하다가 나중에는 화를 내고, 꾸미려 들다가 끝내는 상리(常理)에 어긋나게 된다. 이런 까닭에 허물을 고치는 것이 애초에 허물이 없는 것보다 더 어렵다.

---

2_ 난생처음~처하게 될 것이다: 검려(黔驢)의 고사와 관련된 말이다. 검(黔) 땅에는 원래 나귀가 없었는데, 어떤 사람이 나귀를 들여와 산 밑에 두었다. 호랑이가 처음에는 나귀를 신물(神物)인 줄 알고 무서워했다. 가까이 가서 살펴보고는 나귀가 발길질하는 것 외에 별다른 재주가 없음을 알고 물어 죽였다.

우리는 허물이 있는 사람이다. 우리의 급선무는 오직 '개과'
(改過) 두 글자일 뿐이다.

세상을 우습게 여기고 남을 깔보는 것이 한 가지 허물이고,
재주와 능력을 뽐내는 것이 한 가지 허물이고, 영예를 탐내고 이
익을 좋아하는 것이 한 가지 허물이고, 남에게 베푼 것을 잊지
못하고 원한을 떨치지 못하는 것이 한 가지 허물이고, 생각이 같
은 사람과는 한 패거리가 되고 생각이 다른 사람은 공격하는 것
이 한 가지 허물이고, 잡스런 책 보기를 좋아하는 것이 한 가지
허물이고, 함부로 남다른 견해만 내놓으려고 애쓰는 것이 한 가
지 허물이니, 가지가지 온갖 병통들을 이루 다 헤아릴 수가 없
다. 여기에 딱 맞는 처방이 하나 있으니 '고칠 개(改)' 자가 그것
이다.


# 6


일찍이 선현들의 글을 보니 스스로 "마음에 병이 있다"고 말
씀하신 경우가 많았다. 처음에는 자못 의문을 느꼈는데 근래에
와서 생각하게 되는 점이 있다.

보통 사람들은 대개 어수선하여 스스로를 점검하고 성찰하

지 않는다. 그러므로 비록 백 가지, 천 가지 병통이 있지만 보고도 도무지 잡아내질 못한다. 비유컨대 미친 사람의 마음에는 근심이라고는 하나도 없는 것과 같으니, 이는 자기성찰의 공부가 지극하지 못한 때문이다.

우리가 진실로 마음 다스리는 학문에 뜻을 둔다면 바로 자신의 마음속에 허다한 병통이 있음을 깨닫게 될 것이다. 주자(朱子)께서 말씀하시길, "이러이러한 게 병인 줄 알면 그렇게 하지 않는 게 약인 줄 알게 되어 맹렬하게 공부할 수 있다"고 하셨다.

배우는 사람이 마음의 병통을 응시하지 않고서야 어찌 이(理)를 따르며 기(氣)가 조화로운 경지에 이를 수 있겠는가? 마땅히 독실하게 찾고 살펴야 할 것이다.


# 7


남의 흠을 꼬치꼬치 찾아내며 새로운 견해나 내려고 힘쓰는 것은 진실로 큰 병통이다. 지혜롭게 생각해 보려 하지 않고 전적으로 옛글을 답습하는 것 또한 무익하다.

배우는 사람은 선배 학자의 학설에 대해 진실로 의심나는 곳이 있으면 성급하게 별도의 견해를 내지도 말고, 성급하게 이미

한물간 것으로 간주하지도 말 일이다. 모름지기 소상하게 연구하여 말한 사람의 본래 뜻을 알기 위해 힘쓰며 거듭 생각하고 따져 봐야 한다. 그리하여 혹 환히 이해하게 되면 묵묵히 스스로 한 번 웃을 뿐이요, 혹 오류를 더 발견하더라도 또한 너그럽고 순하게 이해하여 '아무개 학자는 그렇게 보았기 때문에 그렇게 말하였다. 지금 이렇게 본다면 마땅히 이렇게 말할 것이다'라고 생각해야 한다.

　겨우 한 부분만 보고 기이한 재물이라도 얻은 것처럼 좋아하며 아는 체 날뛰고 아무 거리낌 없이 옛것을 배척하고 자기를 내세워서야 되겠는가?

---

매일 새벽마다 퇴계 선생의 글을 읽는다. 글을 읽으며 퇴계의 마음을 읽고 자신의 마음을 읽는다. 자신의 마음과 말과 글과 행동을 성찰한다. 자신의 자만심, 경박함, 명예욕 등 온갖 허물들을 돌아본다. 자신의 내면을 낱낱이 들춰보고 예리하게 응시한다. 다산의 경건함, 다산의 투철함, 다산의 진실성이 실감(實感)으로 다가온다. 그의 나이 34세 때다.

# 관아(官衙)를 새로 짓고

　세상에 수령 된 자는 크게 경계해야 할 일이 있는데, 그 하나가 관아 건물을 수리하는 일이다. 상관인 관찰사는 재력을 소모한 걸 보고 '재물을 남겨서 착복했겠지' 생각한다. 백성들은 노역에 동원되는 걸 괴로워하며 '농사철을 여러 번 놓쳤다'고 한다. 후임자는 와서 보고 방문이나 창문의 만들어진 모양새가 좋으면 잔재주가 있다고 빈정댈 것이요, 좋지 않으면 조야하다고 빈정댈 것이다. 잔재주가 있다고 조롱받는 건 수치스런 일이요, 조야하다고 조롱받는 건 피곤한 일이다.

　그러므로 벼슬살이 잘하는 사람은 관아가 퇴락하고 허물어지고 땅에 무너져 썩을지라도, 기왓장 하나 바꾸지 않고 서까래 하나 고치지 않아야 한다. 이것은 벼슬하는 나의 친한 친구가 마음에 잘 새겨 두어야 할 이치라며 내게 전해 준 말인데, 벼슬살이의 도를 적잖게 터득한 것이라 하겠다. 비록 그렇다 해도 수백 년 이어져도 폐단이 없고 만인에게 시행해도 별문제가 없어야지, 그렇지 않으면 진정한 도라고 말하기는 어렵다.

　내가 곡산[1]에 온 뒤로 몇 달 동안 아전과 백성들 중에 관아 건물을 개축하자고 하는 자가 백여 명도 넘었다. 나는 그때마다

---

**1_** 곡산(谷山): 황해도 곡산. 다산은 1797년 윤6월부터 1799년 4월까지 햇수로 3년 동안 곡산부사로 재임했다.

예전에 전해 들은 이른바 벼슬살이의 도를 지키겠다는 생각으로 고개를 흔들며 거절하였다. 그런데 어느 날 세찬 바람이 땅을 흔들며 지나가는데 머리 위로 흙이 툭툭 떨어졌다. 사방을 살펴보니 벽과 기둥 사이가 이미 벌어져 있었다. 얼마 후 요란한 소리가 나고 사람이 괴로이 울부짖는 소리가 뒤를 이었다. 무슨 일이냐 물어보니, 군졸(軍卒) 한 사람이 관아 건물에 설치된 시렁[2]을 밟다가 그 판자가 내려앉는 바람에 그만 다리를 다쳤다고 했다. 나는 고요히 생각해 보았다.

'아직도 내 벼슬살이의 도를 지킬 것인가? 아니다. 그건 내 한 몸을 이롭게 할 뿐이요, 다른 이들에게 혜택을 베풀지는 못한다.'

이에 모든 아전과 군졸들을 불러 모아 각자 할 일들을 맡기고 말하였다.

"집터를 튼튼히 다지지 않으면 단청이 채 마르기도 전에 주춧돌이 먼저 내려앉는다. 집의 규모가 작아 여염집같이 보이면 관아로서의 체통이 서지 않는다."

그리하여 석 달 동안 달구질을 계속하여 집터를 다지고 집의 규모는 구름에 닿을 듯 우뚝하게 하였다. 하지만 밀실이나 누각을 짓는 사치스런 일은 하지 않도록 하였다. 일을 시작한 지 반년이 되어 공사를 마쳤다. 낙성식 날 고을의 원로들을 불러 놓고

---

2_ 시렁: 관아의 여러 물건을 비치해 두기 위해 두 개의 긴 나무판자를 가로질러 선반처럼 만든 것.

이렇게 말했다.

　"내가 돌아가고 난 뒤 이 건물을 보며 나를 생각하는 사람들은 내가 일신(一身)의 도를 견지한 것보다 이 건물을 지은 것이 나은 일이었다고 하리라."

---

깐깐하게 자기 원칙을 지킴으로써 남의 의혹과 원망, 조롱과 비난을 피하는 것은 쉽지 않은 일이다. 그러나 세상에 유익한 일을 위해 잠시 소신을 굽히는 것은 더욱 쉽지 않은 일이다. 깐깐한 자기원칙이 있는 사람이라야 지혜롭게 세상과 타협할 수 있다. 무원칙한 사람은 왕왕 자기를 속이고 세상을 속인다. 그의 나이 37세 때다.

# '여유당'(與猶堂)이라 이름 붙인 뜻

하기 싫지만 부득이해서 하는 일은 그만둘 수 없는 일이다. 하고 싶지만 남이 알까 봐 하지 않는 일은 그만둘 수 있는 일이다. 그만둘 수 없는 일은 언제나 하게 되지만, 그러나 내가 하기 싫은 일이기 때문에 그만두는 때가 있다. 하고 싶은 일은 언제나 하게 되지만, 그러나 남이 아는 걸 바라지 않는 까닭에 그만두는 때가 있다. 만일 이렇게 된다면 천하가 아무 일 없이 태평할 것이다.

나의 병은 내가 잘 안다. 나는 용감하지만 무모하고, 선(善)을 좋아하지만 잘 가려서 하질 못하며, 마음이 끌리는 대로 곧장 나아가 의심할 줄도 두려워할 줄도 모른다. 그만둘 수 있는 일이지만 마음에 기쁨을 느끼면 그만두질 않는다. 하고 싶지 않은 일이라도 그만두기가 마음에 꺼림칙하고 산뜻하지 않으면 그만두질 못한다.

그래서 어려서는 이단으로 치달리면서도[1] 의심하질 않았고, 장성해서는 과거 공부에 빠져 돌아보질 않았으며, 서른이 지나서는 지난 일을 깊이 후회하면서도 두려워하지 않았다. 그런 까닭에 선(善)을 몹시 좋아했지만 비방을 유독 많이 받았다. 아아, 이 또한 운명인가? 성품 탓이니 내가 어찌 감히 운명을 말하

---

[1] 이단으로 치달리면서도: 한때 천주교를 신봉했던 일을 가리킨다.

37

겠는가?

『노자』(老子)에는, "머뭇머뭇하노라[與], 겨울 시내 건너듯. 조심조심하노라[猶], 사방을 두려워하듯"2-이라는 말이 있다. 아아, 이 구절은 내 병을 치료하는 약이 아니겠는가? 대개 겨울 시내를 건너려는 자는 추위가 뼈를 에므로 그야말로 부득이하지 않으면 건너지 않는다. 사방을 두려워하는 자는 엿보는 시선을 의식해 그야말로 부득이한 일일지라도 하지 않는다.

다른 사람에게 편지를 보내 경전에 나타난 예(禮)의 차이를 논해 볼까 하다가도, 생각해 보니 하지 않아도 무방한 일이다. 하지 않아도 무방한 일은 부득이한 일이 아니다. 부득이한 일이 아니므로 그만둔다. 조정 관리의 시비를 논하는 상소문을 써서 올려 볼까 하다가도, 가만히 생각해 보니 이는 남모르게 하려는 일이다. 남모르게 하려는 일은 마음에 큰 두려움을 느끼는 일이다. 마음에 큰 두려움을 느끼는 일은 그만둔다. 진귀한 골동품을 널리 수집해 볼까? 이 또한 그만둔다. 관직에 있으면서 공금을 이용하여 사사로운 이익을 챙겨 볼까? 이 또한 그만둔다.

마음과 생각에서 일어나는 모든 일 중에 그야말로 부득이한 일이 아니면 그만둔다. 그야말로 부득이한 일일지라도 남모르게 하려는 일은 그만둔다. 만약 이처럼 한다면 하늘 아래 무슨 일이 있겠는가?

---

2_ 머뭇머뭇하노라~두려워하듯: 『노자』 원문에서 '머뭇머뭇하노라'는 '여'(與), '조심조심하노라'는 '유'(猶)로 표기되어 있다. 원래 '여'는 머뭇거림이 많은 동물의 이름이고, '유'는 두려움이 많은 동물의 이름이다.

3_ 여유당(與猶堂): 다산은 머뭇거린다는 뜻의 '여'(與)와 조심조심한다는 뜻의 '유'(猶), 두 글자를 따서 당호를 '여유당'이라 하였다. '머뭇거리고 조심하는 집'이란 뜻이다.

내가 이런 이치를 터득한 게 6, 7년 되었다. 그 생각을 써서 거처하는 집에 현판으로 올리려다 잠시 생각해 보고는 그만두었었다. 이제 소내로 돌아와 비로소 문 위에 '여유당'3_이라 써 붙이고, 이름 지은 뜻을 기록하여 아이들에게 보인다.

---

세상살이의 어려움이여, 세상살이의 두려움이여!

꼭 하지 않으면 안 되는 일, 온 세상에 떳떳한 일이 아니면 하지 않는다. 어찌 난세에 신명을 보전하는 비법이기만 하리? 간결한 삶의 요체일지니.

정적들의 집요한 비방과 공격을 겪은 다산은 깊이 반성하고 성찰하며 처세의 원칙을 다잡고 있다. 유독 이 글의 분위기는 가라앉고 어두워 마치 다가올 신유박해의 대재난을 예감이라도 한 듯 느껴진다. 39세 때의 글이다.

# 네 가지의 마땅함

사의재(四宜齋)는 '네 가지가 마땅한 방'이라는 뜻인데, 내가 강진에 귀양 와서 거처하는 방의 이름이다.

생각은 마땅히 담박해야 한다. 담박하지 않은 점이 있으면 어서 맑게 한다.

외모는 마땅히 엄정해야 한다. 엄정하지 않은 점이 있으면 어서 가다듬는다.

말은 마땅히 과묵해야 한다. 과묵하지 않은 점이 있으면 어서 말을 그친다.

행동은 마땅히 중후해야 한다. 중후하지 않은 점이 있으면 어서 느긋하게 한다.

이에 방 이름을 '사의재'라고 했다. 마땅하다는 것은 의(義)에 합당하다는 뜻이다. 의로써 스스로를 절제한다. 나이는 많아지는데, 뜻한 바 학문이 무너져 버린 것이 슬프다. 스스로 반성할 뿐이다.

때는 계해년(1803) 십일월 초열흘이다. 동짓날이니 사실상 갑자년이 시작되는 날이다. 오늘 『주역』의 건괘(乾卦)를 읽었다.[1]

---

[1] 동짓날이니~읽었다: 『주역』에 따르면 동짓날은 천지의 음기가 다하고 양기가 막 시작되는 날이다. 그래서 사실상 한 해가 시작되는 날이라고 보는 것이다. 갑자년은 육십갑자의 처음에 해당되는 해이다. 갑자년이 사실상 시작되는 동짓날, 모든 것을 새로 시작하는 마음으로 다산은 『주역』 64괘의 첫 괘인 건괘를 읽은 것이다.

1801년 11월, 다산은 강진으로 유배되었다. 처음에는 동문 밖 밥 파는 노파의 허름한 집에 거주했는데 이곳에서 만 4년을 살았다. 외롭고 옹색하고 앞날을 알 수 없는 상황이지만 오히려 근본으로 돌아가 자신의 생각과 외모와 말과 행동을 가다듬는다. 세 들어 사는 좁은 방에 '사의재'란 이름을 붙이고 『주역』 공부를 다시 시작하며 각오를 다진다. "나이는 많아지는데, 뜻한 바 학문이 무너져 버린 게 슬프다"라는 말이 못내 쓸쓸한 여운을 남긴다. 42세 때의 글이다.

# 떠 있는 삶

나산 처사[1]_는 나이가 거의 팔십인데도 눈동자는 새까맣고 얼굴은 발그레하며 여유로운 모습이 마치 신선과 같다. 어느 날, 다산[2]_에 있는 암자로 나를 찾아와 말하였다.

"아름답도다, 이 암자여! 화초와 약초를 보기 좋게 심었고, 샘 가에는 바위를 둘렀으니 아무 걱정 없는 사람이 사는 곳이로다. 그러나 그대는 귀양 온 사람이라, 임금께서 그대를 사면하여 고향으로 돌아가게 하라는 명을 내렸으니,[3]_ 만약 오늘이라도 사면장이 도착하면 내일 이미 그대는 여기에 없을 것이다. 그런데 무엇 때문에 꽃모종을 심고 약초 씨앗을 뿌리며 샘을 파고 못과 도랑을 만들고 바위를 세우는 등, 마치 오래오래 여기 살 것처럼 일을 벌이는가?

나는 30여 년 전 나산의 남쪽에 암자를 세우고, 거기에 사당을 모시고 거기서 자손들을 길렀다네. 그러나 대충 깎은 나무로 기둥을 세우고 낡은 밧줄로 얽어 놓았으며, 뜰과 채마밭은 가꾸지 않아 잡초가 무성하다네. 겨우 그때그때 수리만 할 뿐이라네. 왜 이와 같이 하겠는가? 내 삶이란 떠 있는 것이기 때문이네. 혹은 떠서 동쪽으로 가고, 혹은 떠서 서쪽으로 가며, 혹은 떠서 다

---

1_ 나산 처사(羅山處士): 나경(羅炅). 자는 창서(昌瑞). 전라도 화순 사람.
2_ 다산(茶山): 원래 다산은 강진에 있는 작은 산 이름이었다. 여기에 윤단이라는 사람 소유의 다산초당이 있었다. 다산 선생은 1808년부터 유배가 끝나는 1818년까지 다산초당에서 지냈다.
3_ 임금께서~명을 내렸으니: 1810년, 순조 임금이 다산의 '방축향리'(放逐鄕里)를 명했다. 유배를 풀고 고향으로 돌아가게 하라는 처분이다. 하지만 정적들의 반대와 방해로 다산의 유배는 그 후로도 계속되었다.

니고, 혹은 떠서 머무네. 떠서 갔다가 떠서 돌아오니, 그 떠 있음은 그치질 않지.

그래서 내 호(號)를 '떠 있는 사람'이라는 뜻에서 '부부자'(浮浮子)라 하고, 내 사는 집을 '떠 있는 집'이라는 뜻에서 '부암'(浮菴)이라 하였네. 나도 이와 같은데, 하물며 자네야 어떠하겠나? 자네가 이렇게 정원을 가꾸는 것이 나는 이해가 되지 않네."

나는 일어나 경의를 표하며 말했다.

"아아, 통달하신 말씀이십니다. 선생께서는 삶이 떠 있다는 걸 잘 알고 계십니다. 호수 물이 넘치면 거기 있던 부평초가 도랑에 가 있고, 큰비가 내리면 나무로 깎은 인형이 물에 떠내려갑니다. 사람들은 이런 걸 잘 알고 있고, 선생께서도 스스로의 삶을 이에 비유하셨습니다.

떠 있는 것이 어찌 이뿐이겠습니까? 고기는 부레로 떠 있고, 새는 날개로 떠 있고, 물방울은 공기로 떠 있고, 구름과 안개는 수증기로 떠 있고, 해와 달은 운행하면서 떠 있고, 별자리는 연결되어서 떠 있고, 하늘은 태허(太虛)로 말미암아 떠 있고, 지구는 작은 구멍들로 말미암아 떠 있으면서4_ 만물과 만민을 그 위에 살게 합니다. 이렇게 보면 천하에 떠 있지 않은 것이 어디 있겠습니까?

여기 어떤 사람이 있어 큰 배를 타고 바다로 나가서 배 위에

---

4_ 하늘은~떠 있으면서: '태허'는 '텅 빈 우주 공간'을 가리키는 말이다. 하늘이 태허로 말미암아 떠 있다는 말은, 하늘 자체를 하나의 실체로 인식하고, 실체로서의 하늘은 텅 빈 우주 공간이 있어서 떠 있다고 생각한 것이다. 지구가 작은 구멍들로 말미암아 떠 있다는 말은, 아직 만유인력의 법칙이 동양에 알려지기 이전이었기에 지구 속에 무수한 작은 구멍들이 있어서 지구가 허공에 떠 있을 수 있다고 생각한 것이다.

한 잔의 물을 쏟아 놓고 거기에 작은 풀잎을 배처럼 띄운다고 합시다. 그러고는 그것이 떠 있는 걸 비웃으면서 정작 자기가 바다에 떠 있는 사실은 잊어버린다면 그를 어리석다고 여기지 않을 사람이 드물 테지요. 지금 천하에 떠 있지 않은 것이 없거늘 선생께서는 떠 있음을 홀로 상심하시어 자신의 이름과 집에 그런 뜻을 드러내셨는데요. 떠 있음을 슬프게 생각하는 것은 잘못이 아닐까요?

여기 있는 화초와 약초, 물과 바위는 모두 나와 함께 떠 있는 것들입니다. 떠 있다가 서로 만나면 기뻐하고, 떠 있다가 서로 헤어지면 훌훌 잊을 따름입니다. 안 될 게 무어 있겠습니까?

그리고 떠 있는 것이 슬픈 건 아닙니다. 어부는 떠다니며 고기를 잡고, 장사꾼은 떠다니며 이익을 얻습니다. 범려5_는 강호를 떠나녀 화를 면했고, 서불6_은 바다를 떠다니다 나라를 세웠고, 장지화7_는 강물을 떠다니며 삶을 즐겼고, 예원진8_은 호수를 떠다니며 편안하게 지냈습니다. 그러니 떠다니는 것을 어찌 하찮게 생각하겠습니까? 그러므로 공자 같은 성인도 일찍이 바

---

5_ 범려(范蠡): 중국 춘추 시대 오나라 사람. 월나라 왕 구천을 도와 큰 공을 세웠으나, 그 후 벼슬을 그만두고 숨어 살며 목숨을 보전했다.

6_ 서불(徐市): 중국 진나라 때 사람. 진시황의 명을 받고 불로초를 구하기 위해 바다를 건너 섬나라에 갔다가 돌아오지 않았다고 전한다.

7_ 장지화(張志和): 중국 당나라 때 사람. 벼슬을 그만둔 후, 배를 집으로 삼아 강물 위를 떠다녔다.

8_ 예원진(倪元鎭): 중국 원나라 때의 화가 예찬(倪瓚). 자(字)가 원진. 만년에 일엽편주로 강호를 떠다녔는데, 이로 인해 장사성(張士誠)의 난 당시에 화를 피할 수 있었다.

9_ 공자 같은~말씀하셨습니다: 공자는 "도가 행해지지 않으니, 뗏목을 타고 바다를 떠 가고 싶다"라고 말한 적이 있다. 『논어』 「공야장」 편에 나온다.

＊ 기존의 연구에서는 이 글이 다산초당 시절(1808~1818)에 쓰인 것이라고 추정했다. 그런데 다산을 고향으로 돌아가게 하라는 임금의 명이 있었다는 구절로 미루어 1810년 이후에 쓰였음을 알 수 있다.

다를 떠 가고 싶다고 말씀하셨습니다.9- 생각해 보면 떠다닌다는 게 아름답지 않습니까? 물에 떠다니는 사람도 그럴진대 땅에 떠 있는 사람이 어찌 스스로 상심하겠습니까? 청컨대, 오늘 함께 나눈 말씀으로 '떠 있는 집'에 대한 글을 써서 선생의 장수를 축원하고자 합니다."

---

'떠 있음', '떠다님'이라는 말에는 실제로 떠 있다는 의미 외에 '유동적'·'가변적'이라는 의미와 '덧없다'·'무상하다'는 의미가 중첩되어 있다.

우리의 삶이란 덧없는 것이요, 우리가 만나는 대상들도 덧없는 것이다. 하지만 그 덧없음을 슬퍼할 게 아니라, 덧없음을 순순히 받아들이고 편안히 여기고 즐기는 것이 올바른 태도라고 다산은 말한다. 존재의 무상성을 통찰함으로써 오히려 근원적인 긍정에 도달하는 것이다. 덧없는 존재들끼리 서로 만나면 기뻐하고 서로 헤어지면 훌훌 잊을 뿐이라는 말이 참으로 인상적이다. 49세 이후의 글이다.

# 유배 생활 12년 — 둘째 형님께

　도인법[1]이 유익하다는 것을 분명히 알면서도, 12년 동안 새벽에 일어나 밤에 잠이 들 때까지 육경(六經)[2] 연구에 힘쓰다 보니 할 겨를이 없었습니다. 이제 다행히 육경 연구를 마쳤으니, 방 하나를 깨끗이 치우고 아침저녁으로 힘쓰고 삼가는 겨를에 도인법에 유념하려고 합니다. 방 안에 책이 한 권도 없으면 더욱 좋겠습니다만, 오랜 습관을 버리기 어려워 끝내 또 저술을 일삼지 않을 수 없습니다.

　송(宋)나라 이후 7백여 년 동안 천하 사람들이 각자의 총명함을 다 동원하여 사서(四書)[3]의 뜻을 연구했습니다. 그런 까닭에 사서에 대해서는 거의 연구되지 않은 것이 없습니다. 저도 간혹 사서의 새로운 뜻을 터득하고 뛸 듯이 기뻐하며 소리치는 경우가 있습니다만, 나중에 보면 다른 학자들이 이미 말해 놓은 지 오래된 것임을 알게 되곤 합니다.

　하지만 선(善)이 무엇인지 분명히 밝혀 놓아야 선으로 나아갈 수 있는 법입니다. 이전 사람들이 선유(先儒)[4]의 설에 대해

---

**1_** 도인법(導引法): 도가의 양생법. 정좌, 호흡, 마찰을 위주로 한다.
**2_** 육경(六經): 유교의 여섯 경전. 『시경』, 『서경』, 『예기』, 『주역』, 『춘추』, 『악경』.
**3_** 사서(四書): 『논어』, 『맹자』, 『중용』, 『대학』.
**4_** 선유(先儒): 앞 시대의 유학자라는 뜻인데, 여기서는 주로 주자(朱子)를 가리키는 것으로 보인다.

서는 그 그릇된 의미까지도 기필코 고집하는 것을 볼 때마다 경전에 대한 해석이나 주석을 모아 책으로 편찬하는 일이 쉽지 않다는 것을 알겠습니다.

이제 해석 모음집, 주석 모음집의 체제로 『논어』에 대한 세상의 모든 해석과 주석을 모아 그중에서 좋은 것만 가려 책 한 권을 만들려고 합니다.5_ 이 작업은 비록 저 스스로 경전의 의미를 찾아내야 했던 육경 연구와 비교하면 그다지 어려운 일은 아니지만, 정신을 쏟고 마음을 쓰는 것이 또한 적지 않습니다.

돌아보면 요즘 기력이 점점 쇠약해지고 있습니다. 몇 달 사이에 이가 세 개나 빠져 버렸습니다. 저술을 그만두고 한가로이 시간을 보내야겠다고 결심해 보지만 지난날을 돌이켜 볼 때마다 마음이 서글플 따름입니다.

불가(佛家)에는 교법(教法)과 선법(禪法)이 있습니다. 그래서 경사(經師)들도 만년에는 모두 좌선을 합니다. 제가 원하는 것도 좌선입니다. 그러나 좌선은 경전 공부보다 갑절이나 어려우니, 저의 마음과 힘으로 가능할지 모르겠습니다. 주자는 경사였고, 육상산6_은 선사(禪師)였습니다. 경사는 우(禹)와 직(稷)과 묵적(墨翟)7_에 가깝고, 선사는 안회(顏回)와 양주(楊朱)8_에 가깝습니다. (……)

---

5_ 이제~만들려고 합니다: 이 책은 1813년 겨울 『논어고금주』(論語古今注)라는 이름으로 완성되었다. 전 40권이다.

6_ 육상산(陸象山): 상산은 송(宋)나라의 학자 육구연(陸九淵)의 호이다. 자는 자정(子靜). 주자와는 다른 이론을 주장함으로써 양명학의 선구가 되었다.

7_ 우(禹)와 직(稷)과 묵적(墨翟): 우(禹)는 우임금이다. 직(稷)은 순임금 아래에서 농사일을 백성들에게 가르친 인물이다. 묵적(墨翟)은 제자백가의 한 사람으로, 겸애설을 주장한 인물이다.

8_ 안회(顏回)와 양주(楊朱): 안회(顏回)는 공자의 제자로 안빈낙도를 실천한 인물이다. 양주(楊朱)는 제자백가의 한 사람으로, 이기설(利己說)을 주장한 인물이다.

금년에 다섯 번의 대사면이 있었는데 탐관오리나 살인강도들까지도 풀려나지 않은 사람이 없다고 합니다. 그러나 사헌부의 탄핵안에 이름이 올랐던 사람들[9]_은 거론조차 되지 않았다고 합니다. 이는 그런 사람들을 엄격하게 막으려 해서 그러는 게 아니라 까마득히 잊어버렸기 때문입니다. 득세한 사람과 몰락한 사람은 본디 서로를 잊는 법이니 어찌 한탄할 수 있겠습니까?

지금 비록 돌아간다 해도 집은 사방의 벽만 휑할 따름이고, 양식은 해가 가기도 전에 바닥이 날 것입니다. 늙은 아내는 춥고 배고프며, 아이들은 처량한 모습일 것입니다. 두 분 형수님은 "오기만 하면 오기만 하면 했더니 와도 역시 마찬가지구나" 하실 것입니다.

태산이 등을 누르는 것 같고 푸른 파도가 앞을 막는 것 같아, 『주역』 연구는 까마득한 옛날 일이 되어 버리고 음악 연구는 일장춘몽처럼 되어 버릴 것입니다. 그러니 어찌 조금이나마 즐거운 일이 있겠습니까?

하늘이 이곳 다산을 나의 별장으로 삼아 주었고, 보암산[10]_작은 밭에서 나오는 소출로 먹고살 수 있게 해 주었습니다. 평생토록 세상을 마칠 때까지 아이 울음소리, 부인네 탄식 소리 하나 들리지 않습니다. 복이 이처럼 후하고 지위가 이처럼 높은데, 이

---

9_ 사헌부의 탄핵안에 이름이 올랐던 사람들: 다산 같은 사람을 가리킨다.
10_ 보암산(寶巖山): 강진에 있는 산. 보은산이라고도 한다. 그 정상이 우두봉이다.

런 신선 세계를 버리고 아비지옥으로 몸을 던지려 한다면 천하
에 그런 어리석은 사람이 있겠습니까?

이는 일부러 지어내서 하는 말이 아닙니다. 제 마음속 생각
이 정말로 그렇습니다. 그러나 한편으로는 돌아가고 싶은 마음
이 없는 것도 아닙니다. 이는 사람의 성품이 본래 못나고 약해서
그런 것입니다. 사람들은 간음이 잘못인 줄 환히 알면서도 혹 남
의 부인을 넘보기도 하고, 살림이 결딴날 줄 알면서도 도박에 손
을 대기도 합니다. 돌아가고 싶은 저의 마음도 그런 것과 마찬가
지입니다. 어찌 제 본심이겠습니까?

---

유배 생활 12년 동안 쉬지 않고 학문에 전념하여 육경 연구를 마무리하고, 다시 새로운
연구를 계획한다. 하지만 나날이 늙고 쇠약해지는 자신의 모습을 돌아보면 서글픈 마
음이 든다. 고요히 앉아 마음공부를 해야겠다고 생각하지만 책을 손에서 놓을 수 없다.
이제나저제나 유배에서 풀려나길 기다리지만, 올해도 그냥 지나갔다. 막상 고향으로
돌아간다 해도 더 이상 학문에 전념하기 어려운 현실이 두렵고 무겁게만 여겨진다. 상
대가 형님이기에 솔직하게 말할 수 있었던 다산의 내면적 고뇌와 적막감이 잘 느껴진
다. 51세 때의 글이다.

# 괴로움은 즐거움의 뿌리다

괴로움에서 즐거움이 생겨난다. 괴로움은 즐거움의 뿌리다. 즐거움에서 괴로움이 생겨난다. 즐거움은 괴로움의 씨앗이다. 괴로움과 즐거움이 서로가 서로를 낳는 것은 음(陰)과 양(陽), 동(動)과 정(靜)이 서로가 서로의 근원이 되는 것과 같다.

통달한 사람은 그런 이치를 알아, 괴로움과 즐거움이 서로 의존하고 있음을 살피고, 좋아졌다 나빠졌다 하는 운수를 헤아려, 상황에 대응하는 나의 마음가짐을 항상 보통 사람들의 마음과는 반대가 되게끔 한다. 그런 까닭에 괴로움과 즐거움 이 둘은 그중 하나가 다른 하나를 견제하여 어느 한쪽이 극성해지는 것을 막는다. 이는 마치 물건이 흔하면 비싸게 사들이고, 물건이 귀하면 싸게 내다 팔아 물가를 항상 고르게 유지하는 경수창의 상평법1 과 같다. 이것이 괴로움과 즐거움에 대처하는 방법이다.

내가 처음 성안2 에 있을 적에는 항상 마음이 울적하고 갑갑했는데, 다산에서 살게 된 뒤로는 안개와 노을을 구경하고 꽃과 나무를 즐기면서 귀양살이의 시름을 훨훨 잊게 되었다. 이는 괴로움에서 즐거움이 생겨난 것이다.

얼마 뒤에 강진의 병마우후 이중협3 이 이 깊은 산속으로 나

---

1_ 경수창의 상평법: 경수창(耿壽昌)은 중국 한나라 때 사람으로, 상평창 제도를 창안하였다. 상평법(常平法)은 일종의 물가 조절법이다.
2_ 성안: 강진 읍내를 가리킨다.

를 찾아왔다. 나를 만나고 돌아가서는 날마다 편지를 보내오는가 하면, 때로 바다에서 뱃놀이를 하거나 말을 타고 봄놀이를 하자며 달마다 나를 찾아왔는데, 이처럼 함께 지낸 것이 이제 3년이 다 되었다.

그런데 이제 임기가 끝나 이곳을 떠나게 되었기에 그를 위해 술을 마련하고 작별을 고한다. 지금 이후로는 비록 내게 먹과 종이가 있은들 누구와 글을 주고받겠으며, 이 골짜기로 말을 타고 나를 찾아올 사람이 다시 또 누가 있으랴? 생각하니 슬프기만 한데, 이는 또 즐거움에서 괴로움이 생겨난 것이다.

그러나 괴로움은 즐거움의 뿌리다. 만약 내가 살아서 한강을 건너 고향으로 돌아가게 되고 이군(李君)도 벼슬살이 중에 때로 쉬면서 남주(藍洲)와 벽계⁴ 사이로 나를 다시 찾아온다면, 기쁘게 밥상을 마주하고 산나물·생선회를 함께 먹을 수 있을 것이다. 그러면 이것은 괴로움에서 즐거움이 생기는 것이다. 그러니 벗이여 슬퍼하지 말게나.

가령 우리 두 사람이 나란히 말을 타고 다니며 예전에 꿈꾸어 온 대로 하고 있다면, 그걸 당연하게 여겨 방종해지거나 싫증이 나고 나태해져서 또한 즐거운 줄 모르지 않겠는가? 거센 여울과 잔물결이 서로 섞여 물이 아롱지고, 느린 소리와 빠른 소리가 어울려 아름다운 음악이 되는 법이니, 벗이여 슬퍼하지 말게나.

---

3_ 이중협(李重協): 1811년에서 1813년까지 강진의 병마우후로 재임했다.
4_ 벽계(檗溪): 경기도 양평군 수종면에 있는 계곡.

이군(李君)이 작별의 말을 써 달라고 하므로 시 열 수를 지어 그간의 일을 서술하고, 시집 머리에 이와 같이 쓴다.

계유년(1813) 6월

---

슬퍼하지 말라고 거듭 벗을 위로하는 말은 오히려 다산이 자기 스스로를 달래는 말처럼 느껴진다.

괴로움은 즐거움의 뿌리이고, 즐거움은 괴로움의 씨앗이라는 말을 통해 남다른 고통과 좌절을 겪으며 다산이 어떻게 자신의 마음을 다스려 왔는지 짐작할 수 있다. 52세 때의 글이다.

# 가진 것은 덧없다

세상 사물들은 대개 덧없이 변화하는 것이 많다. 초목 중에서 작약은 꽃이 활짝 피었을 때는 참으로 아름답고 좋지만, 말라 시들어 버리면 그야말로 덧없는 물건에 불과하다. 소나무와 잣나무가 오래 산다고 하지만, 수백 년이 못 되어 쪼개져 불태워지거나 바람에 꺾이고 송충이에게 갉아먹히고 만다. 이와 같은 사실은 선비라면 누구나 안다.

그러나 땅이 덧없는 물건인 줄 아는 사람은 매우 드물다. 세속에서는 밭을 사고 집을 마련하는 것을 가리켜 실속 있고 든든한 일이라 한다. 사람들은 땅이 바람에 날아가지 않고 불에 타지도 않으며 도둑이 훔쳐 갈 수 없어 백 년 천 년이 지나도 허물어지거나 손상되지 않는다고 생각한다. 그래서 땅을 마련해 둔 자를 실속 있고 든든한 사람이라고 이른다.

그러나 내가 사람들 땅문서의 내력을 조사해 보니 백 년 동안에 소유주가 바뀐 것이 대여섯 번에 이르며, 심한 경우에는 아홉 번도 된다. 그 성질은 이처럼 유동적이고 쉽게 바뀐다. 그런데도 어찌하여 남들의 땅은 쉽게 바뀌지만 내 땅은 오래도록 변함이 없길 바라고, 이를 두드려도 깨어지지 않는 물건이라 믿는가? 기생이나 창녀는 여러 번 남자를 바꾼다. 그런 여자가 내게만 오래도록 변함없길 어찌 바라겠는가? 땅을 믿는 것은 기녀의 정절을 믿는 것과 마찬가지다.

부자들은 자기 땅이 잇달아 펼쳐져 있으면 흐뭇하고 의기양양하여 베개를 높이 베고 누워 자손들에게 말한다. "영원토록 살아갈 터전을 너희들에게 준다." 그러나 진시황이 아들에게 나라를 전해 줄 때의 마음은 이보다 훨씬 더했건만 진나라는 곧 망해 버린 줄을 사람들은 모른다. 이런 종류의 일을 어찌 믿을 수 있겠는가?

나는 나이가 적지 않아 겪어 본 일이 많다. 자기 재산을 그 자손이 제대로 누리는 사람은 대개 백이나 천 가운데 한두 사람뿐이다. 형제의 아들을 양자로 얻어 재산을 물려준 사람은 그나마 다행이라 하겠다. 간신히 혈통을 따져 굽실거리고 애걸하여 양자를 얻어 먼 친족에게 재산을 물려주기도 하는데, 평소에 하는 행동을 보면 한 끼 밥도 아까워하는 사람들이 대개 다 그렇게 한다.

그렇지 않으면 못난 아들을 낳아 꾸짖지도 않고 때리지도 않으며 애지중지 키운다. 그러나 그 아들은 자라면 마음속으로 부모가 늙기만을 바라다가 삼년상을 겨우 끝내고는 마작이나 골패 따위의 소인(小人)의 기예를 익혀 결국은 재산을 다 날리는 경우가 허다하다. 이런 걸 보면 부자라고 어찌 부러워하겠으며 가난하다고 어찌 슬퍼하겠는가?

　가난한 선비가 정월 초하룻날 앉아 1년 동안의 양식을 미리 계산해 보면, 참으로 아득하여 하루라도 굶주림을 면할 날이 없을 것만 같다. 그러나 섣달그믐에 이르러 보면 의연히 여덟 식구가 모두 살아 있어 하나도 줄지 않았다. 돌이켜 생각해 보아도 어떻게 한 해를 살았는지 알 수가 없다. 이런 이치를 아는가?

　누에가 알을 까고 나올 때면 뽕나무엔 잎이 돋는다. 아기가 어미 뱃속을 나와 울음을 터뜨리면 엄마 젖이 줄줄 흘러내린다. 그러니 사람 사는 양식 또한 걱정할 게 있겠는가? 비록 가난할지라도 걱정하지 말라.

---

학문이나 수행에 뜻을 두고도 가난을 걱정하여 머뭇거리는 경우가 있다. 이 글은 그런 제자에게 써 준 글이다.

소유를 부러워하지도 않고 가난을 두려워하지도 않아야 진정한 공부가 가능하다. 소유는 덧없는 것이요, 가난은 근심거리가 아니라는 말에서 꿋꿋하게 공부에 정진하라며 제자를 다독이는 다산의 따뜻한 마음이 느껴진다. 제자는 윤종심(尹鍾心)인데, 다산초당 시절 제자 중 한 사람이다. 52세 때인 1813년 8월에 쓴 글이다.

# 어떻게 살 것인가

　산에 살며 일이 없어 사물의 이치를 고요히 살펴보니, 이익을 좇아 바삐 오가고 노심초사하는 것은 모두 부질없는 일이다. 누에가 나올 때면 뽕잎이 먼저 돋고 제비 새끼가 알에서 나오면 날벌레들이 들판에 가득하다. 아기가 갓 태어나 울음을 터뜨리면 엄마 젖이 나온다. 하늘이 만물을 낳을 때 그 먹을 것도 함께 주는 법이다. 어째서 깊이 근심하고 지나치게 염려하면서 정신없이 바삐 돌아다니며 혹 기회를 놓치지나 않을까 근심한단 말인가?

　옷은 몸을 가리면 그만이다. 음식은 배만 채우면 그만이다. 봄에는 보리가 나올 때까지 올메1_가 있고, 여름에는 벼 옆에서 자라는 피2_를 먹으면 된다. 그만둘지어다, 그만둘지어다. 내년을 위해 금년에 일을 도모하지만, 내년에 반드시 살아 있을지 어찌 알겠는가? 아들을 쓰다듬으며 손자 증손자를 위한 계획을 세우지만, 자손들은 모두 바보이겠는가?

　설사 우리가 배불리 먹고 따뜻이 입으며 평생 걱정 없이 살다가 죽는다 할지라도, 죽고 나서 사람과 뼈가 모두 썩어 버리고

---

1_ 올메: 원문은 '대맥지미'(待麥之米)인데, '보리를 수확할 때까지 대용으로 먹는 쌀'이라는 뜻으로 '올메'와 같은 구황식물을 가리키는 것으로 보인다. 올메는 올뫼, 올방개, 오우(烏芋), 작미(雀米) 등으로도 불린다. 올메는 논이나 습지에서 나며 대추만 한 덩이줄기가 달린다.

2_ 피: 곡식의 한 가지. 지금은 곡식으로 여기지 않지만 예전에는 식량으로 먹기도 했다. 피난, 피난쌀, 핍쌀이라고도 한다.

3_ 큰 것을~ 된다: 맹자가 말한 '큰 것'이란 마음과 수양을 가리키고, '작은 것'이란 일신의 배를 채우는 것을 가리킨다.

후세에 남길 글 하나 없다면, 그 사람의 삶은 없었던 것과 마찬가지다. 삶이 있었다 한들 금수와 다를 게 없을 터이다.

세상에 제일 경박한 사람들이 있다. 그들은 마음을 다스리고 성품을 기르는 일을 '한가한 일'이라 하고, 독서를 하고 이치를 탐구하는 일을 '옛날이야기'라고 한다. 맹자는 "큰 것을 기르는 자는 대인(大人)이 되고, 작은 것을 기르는 자는 소인(小人)이 된다"[3]고 했다. 저 사람들은 소인이 되는 걸 달게 여긴다. 내가 어떻게 하겠는가?

---

이 글은 다산초당 시절의 제자 정수칠(丁修七)에게 준 글이다. 어떻게 살 것인가? 먹을 것, 입을 것을 걱정하지 마라. 노심초사하지 마라. 사는 것을 하늘에 맡겨라. 부질없이 바쁘지 마라. 쓸데없는 계획을 세우지 마라. 독서하고 탐구하라. 마음을 닦고 천품을 온전히 하라. 높은 정신에 도달하라. 세상이 뭐라든 그저 내 길을 가라.

# 바로 '이' [斯]

내게 없는 물건을 바라보고 가리키면서 '저'것이라고 한다. 내게 있는 걸 알아차리고 굽어보면서 '이'것이라고 한다. '이'것은 내가 이미 지닌 것이다. 그러나 내가 이미 지닌 것으로는 욕구가 채워지지 않는다. 마음은 욕구를 채워 줄 수 있는 걸 사모할 수밖에 없어서, 그걸 바라보고 가리키며 '저'것이라고 한다. 이는 천하의 병폐이다.

지구는 둥글고 사방의 땅은 평평하다. 그러니 내가 있는 곳보다 더 높은 곳은 세상에 없다. 그런데도 곤륜산이나 형산, 곽산을 오르며,[1] 높은 곳을 찾아다니는 사람들이 있다. 지나간 과거는 쫓아가 잡을 수 없고, 다가올 미래는 기약할 수 없다. 지금 이 상황보다 더 즐거운 때는 없다. 그런데도 좋은 수레를 갈망하고 논밭에 마음 태우며 기쁨을 구하는 사람들이 있다. 땀을 흘리고 가쁜 숨을 몰아쉬며 평생토록 헤매면서 오로지 '저'것을 바랄 뿐, '이'것을 참으로 누려야 하는 줄 모른 지가 오래되었다.

불교는 스스로 욕심이 없다고 하지만, 이른바 바라밀[2]이라

---

1_ 곤륜산이나~오르며: 곤륜산, 형산, 곽산은 모두 중국에 있는 높은 산의 이름이다.
2_ 바라밀(波羅密): 산스크리트어 pāramitā의 음역. '도피안'(到彼岸)이라고도 번역한다. '도피안'이란 사바세계인 이 언덕[此岸]에서 열반의 경지인 저 언덕[彼岸]에 이르는 것, 곧 수행을 말한다.
3_ 염예(灩澦): 중국 양자강 상류에 있는 사천성 삼협(三峽)의 첫 번째 골짜기인 구당협(瞿塘峽)에 있는 여울. 이 여울 가운데에 거대한 바위가 있어 물살이 거세기로 유명하다.
4_ 버리고~같도다: 무엇에도 집착하지 않고 어디에도 머무르지 않는 강물의 모습을 표현한 말이다. 순수한 마음의 본성은 강물의 흐름을 닮았다는 의미를 함축하고 있다.
5_ 여기서~곳이다: 지극한 진리가 '이'라는 단어를 통해 표현되고 있다는 뜻이다.
6_ 문공(文公): 춘추 시대 진(晉)나라의 제후.

58

는 것은 바로 피안(彼岸)에 도달하는 것을 말한다. 새벽부터 밤까지 목탁을 두드리며 오로지 '저'것을 바라니 또한 어리석지 않은가?

정자(程子)가 염예3_를 지나갈 때, 강가의 한 나무꾼이 큰 소리로 읊조렸다. "버리고 감이 '이'와 같도다! 거침없이 흘러감이 '이'와 같도다!"4_ 여기서 '이'는 지극히 귀한 진리가 드러나는 곳이다.5_ 나무꾼은 지인(至人)이었는데, 정자를 격려해 이처럼 말한 것이다.

진(晉)나라의 문공(文公)6_이 집을 완성하고 기도해 말했다. "'이'곳에서 노래하고 '이'곳에서 곡(哭)하리라." 여기서 '이'란 나에게 만족할 뿐, 남에게 바라지 않는다는 뜻이다. 그래서 군자(君子)가 훌륭히 여겼다.

공자는 선량하고 온화한 인물들이 한꺼번에 배출되었던 과거 시대7_의 아름다움을 칭찬하며 말했다. "요순 시대 이후 '이'때가 가장 성대하였다." 또 순임금이 만든 음악8_의 훌륭함을 칭찬하며 말했다. "음악이 '이' 같은 경지에 이를 수 있으리라곤 생각지 못했다."

공자의 말씀으로 본다면 천하의 이른바 아름다움이나 훌륭

---

7_ 선량하고~과거 시대: 팔원팔개(八元八凱), 즉 여덟 명의 선량한 사람과 여덟 명의 온화한 사람이 배출되었다는 중국 고대의 한 시기. 고신씨(高辛氏)·고양씨(高陽氏)의 시대.

8_ 순임금이 만든 음악: 소소(簫韶)라고 한다. 태평성대의 훌륭한 음악의 상징이다.

9_ 아름다움이나~지극하게 된다: 아름다움과 선함이 지극해지면 '이'라는 단어를 통해서 표현될 수밖에 없다는 뜻이기도 하다.

10_ 청해절도사(淸海節度使): 전라우도 수군절도사를 가리킨다. 청해는 완도의 옛 이름.

11_ 이공(李公) 민수(民秀): 이민수. 1815년에서 1820년까지 전라우도 수군절도사로 재임하였다. 1820년 경상좌도 병마절도사에 제수되었다.

● 기존 연구에서는 이 글을 막연히 강진 시절(1801~1818)의 작품으로 추정했다. 하지만 이민수의 이력으로 보아 1815년에서 1818년 사이에 쓰인 것임을 알 수 있다.

함은 모두 '이'에서 지극하게 된다.9- '이' 위에는 어떤 것도 더 보탤 수 없다.

지금 청해절도사10- 이공(李公) 민수(民秀)11-가 그의 거처에 '바로 이곳'〔於斯齋〕이라는 편액을 달고 빈객들을 불러 그 뜻을 설명하고, 나에게 그에 관한 글을 써 달라고 하므로 위와 같이 쓴다.

---

가장 중요한 것은 무엇인가? 바로 이것이다. 가장 중요한 곳은 어디인가? 바로 이곳이다. 가장 중요한 때는 언제인가? 바로 이때다.

바로 '이'는 한 치의 물러섬도 나아감도 없는 바로 그 자리이다. 지극한 진실과 아름다움과 선함도 바로 '이'를 통해서만 드러난다. 오십 대 중반을 넘어서면서 더욱 응축되고 예리해진 다산의 마음이 느껴진다.

# 파리를 조문(弔問)한다

# 목민관은 누구를 위해 있는가?

목민관[1]이 백성을 위해 있는가? 백성이 목민관을 위해 있는가?

백성은 곡식과 옷감을 생산하여 목민관을 섬기고, 말과 수레, 마부와 종을 내어 그들을 환영하고 전송하며, 자신들의 고혈과 진수를 뽑아내어 그들을 살찌우니, 백성은 목민관을 위해 있는 것인가? 아니다, 그건 아니다. 목민관이 백성을 위해 있다.

아득한 옛날에는 백성들만 있었을 뿐, 목민관이 있었겠는가? 백성들은 평화롭게 모여 살았다. 그러던 중 한 사람이 이웃과 다툼이 있었는데 해결이 되지 않았다. 공정한 말을 잘하는 노인이 있어, 그 노인에게 가서 바로잡았다. 사방의 이웃들이 모두 감복하고 다 함께 그를 추대하여 '이정'(里正: 마을을 바로잡는 사람)이라고 하였다. 여러 마을[里][2]의 백성들 사이에 다툼이 있었는데 해결이 되지 않았다. 뛰어나고 식견이 많은 어떤 노인이 있어, 그 노인에게 가서 바로잡았다. 여러 마을 사람들이 모두 감복하고 다 함께 그를 추대하여 '당정'(黨正: 고을을 바로잡는 사람)이라고 하였다. 여러 고을[黨][3]의 백성들 사이에 다툼이 있었는데 해결이 되지 않았다. 현명하고 덕이 있는 어떤 노인

---

1_ 목민관(牧民官): 관리 중에서도 백성을 직접 다스리는 임무를 맡은 자를 '목민관'이라고 한다. 주로 관찰사와 지방 수령을 가리킨다. 백성을 돌보는 일을 양 치는 것에 비유해 '목민관'이라고 한 것이다.
2_ 마을[里]: '리'(里)는 가장 작은 지역 공동체 단위로, 고대에는 25가구 정도가 모인 마을을 '리'라고 했다.
3_ 고을[黨]: '당'(黨)은 5백 가구 정도의 지역 공동체 단위였다.

이 있어, 그 노인에게 가서 바로잡았다. 여러 고을이 모두 감복하여 그를 추대하여 '주장'(州長: 지역의 어른)이라고 하였다. 이에 여러 지역[州]⁴의 우두머리들이 한 사람을 추대하여 '국군'(國君)이라고 하였고, 여러 나라[國]의 우두머리들이 한 사람을 추대하여 '방백'(方伯)⁵이라 하였으며, 사방의 방백들이 한 사람을 추대하여 우두머리로 삼고 그를 '황왕'(皇王)⁶이라고 하였다. 따져 보면 황왕의 근본은 이정(里正)에서 비롯된 것인바, 목민관은 백성을 위해 있는 것이다.

그 당시에는 이정이 백성들의 바람에 따라 법을 제정하여 당정에게 올렸다. 당정은 백성들의 바람에 따라 법을 제정하여 주장에게 올렸다. 주장은 국군에게 올리고, 국군은 황왕에게 올렸다. 그러므로 그 법은 모두 백성을 편하게 하는 것이었다.

후세에는 한 사람이 나서서 스스로 황제가 되었다. 그리고 자기 아들과 동생, 그리고 측근이나 시종까지 모두 제후로 봉하였다. 제후는 자기 사람을 주장으로 삼았다. 주장은 자기 사람을 당정, 이정으로 삼았다. 이때 황제가 자기 욕심대로 법을 제정하여 제후에게 주면 제후는 자기 욕심대로 법을 제정하여 주장에게 주었고, 주장은 당정에게 주고, 당정은 이정에게 주었다. 그러므로 그 법은 모두 통치자를 높이고 백성을 낮추며, 아랫사람에게 긁어내어 윗사람에게 주는 것이었으니, 거의 백성이 목민

---

4_ 지역[州]: '주'(州)는 2천5백 가구 정도의 지역 공동체 단위였다.

5_ 방백(方伯): 중국 고대의 한 지역 제후의 우두머리인 대제후. 조선에서는 관찰사를 방백이라고 했다.

6_ 황왕(皇王): 천자(天子). 다산은 이 글에서 '황왕'과 '황제'를 구분하고 있다. 추대에 의해 천자가 된 경우를 '황왕'이라 하고, 진시황이 처음 그랬던 것처럼 자기 스스로 천자가 된 경우를 '황제'라고 하였다. 전자는 왕도정치, 후자는 패도정치와 관련된 명칭이다.

관을 위해 있는 것처럼 되었다.

　지금의 목민관은 옛날의 제후나 마찬가지다. 거처하는 건물, 수레와 말, 의복과 음식, 좌우의 측근과 시종, 하인들이 거의 나라의 임금에 비길 정도다. 그 권능은 사람을 경사스럽게 하기에 충분하고, 그 위엄은 사람을 겁주기에 충분하다. 그리하여 오만하게 뻐기고 편안히 스스로 즐기며 목민관으로서의 본분을 잊어버린다. 다툼을 해결해 달라고 찾아오는 사람이 있으면 얼굴을 찡그리며 "왜 이리 시끄럽게 구느냐"라고 한다. 굶주려 죽은 사람이 있으면 "제 잘못으로 죽었다"라고 한다. 곡식과 옷감을 내어 자기를 섬기지 않는 사람이 있으면 매질하고 몽둥이질하여 피를 보고서야 그만둔다. 날마다 거둬들인 돈꿰미를 헤아리고, 달력에 깨알같이 표시해가며 치밀하게 돈과 베를 거둬들인다. 그것으로 자기 논밭과 집을 마련하고 권세가나 재상에게 뇌물을 보내 뒷날의 이익을 도모한다. 그러므로 백성이 목민관을 위해 있다고 말하는 것인데, 이것이 어찌 바른 이치이겠는가? 목민관은 백성을 위해 있는 것이다.

모든 권력이 백성으로부터 나온다는 사상을 단호하고도 간결하게 서술하고 있다. 서구와는 무관하게 조선에서 자생한 민권 사상이라고 할 수 있다. 다산의 근본적 사유는 오늘날에도 여전히 신선한 감동을 준다. 공직자들은 "나의 권력이 어디서 나오는 것인가", "나의 밥이 어디서 오는 것인가" 스스로에게 물어보아야 한다.

# 토지는 균등하게 분배되어야 한다

어떤 사람에게 토지 10경¹_이 있고, 아들 열 명이 있다. 아들 한 명에게 토지 3경을 주고, 두 명에게 2경씩을 주고, 세 명에게 1경씩을 주었다. 나머지 네 명은 토지를 받지 못해 소리치고 울며 이리저리 떠돌다가 길에서 굶어죽는다면 그 부모는 부모 노릇을 잘한다고 할 수 있겠는가?

하늘이 이 백성을 낸 뒤, 우선 그들을 위해 농사지을 땅을 마련하여 먹고살 수 있도록 하였다. 또 그들을 위하여 군주와 목민관을 세워 백성의 부모가 되어, 그들의 생계 수단을 균등하게 만들어 다 함께 살 수 있게 하였다.

그런데도 여러 아들이 서로 공격하고 빼앗는 걸 팔짱을 끼고 물끄러미 바라만 보며 금지하질 않아 힘센 자는 더 많이 가지고 약한 자는 떠밀려 땅에 넘어져 죽는다면, 그 군주와 목민관 된 사람은 과연 군주와 목민관 노릇을 잘하는 것이겠는가?

그러므로 백성들의 생계 수단을 균등하게 만들어 다 함께 살 수 있게 하는 자는 참된 군주와 목민관이다. 백성들의 생계 수단

---

1_ 경(頃): 예전에 중국에서 쓰던 논밭의 면적 단위. 1경은 100이랑, 즉 100묘(畝)로 그 넓이는 시대에 따라 달랐다. '경'은 '정보'라고도 하는데, 1정보는 3천 평으로 약 9,917.4㎡에 해당한다.
2_ 결(結): 논밭의 면적 단위. 그 넓이는 시대에 따라 달랐다.
3_ 지금~80만 결이다: 다음과 같은 원주가 달려 있다. "1769년 당시, 조선 팔도에 개간된 논은 34만 3천 결 남짓이고, 밭은 45만 7천8백 결 남짓이다. 간사한 관리가 누락시킨 것이나 산속의 밭이나 화전은 포함되지 않았다."
4_ 지금~8백만 명이다: 다음과 같은 원주가 달려 있다. "1753년 당시, 서울과 지방의 전체 인구가 730만 명이 좀 못 되는데, 누락된 인구와 그간 증가된 인구가 70만을 넘지는 않을 것이다."

을 균등하게 만들어 다 함께 살 수 있게 하지 못하는 자는 참된 군주와 목민관이 아니다.

지금 우리나라의 토지는 대략 80만 결[2]이다.[3] 지금 백성은 대략 8백만 명이다.[4] 만약 한 집마다 식구 수를 열 명으로 잡으면, 한 집이 토지 1결을 얻어야만 그 생계 수단이 균등하게 된다.

지금 높은 관리나 시정의 부자 중에는 한 집에 수천 섬을 거두는 자가 매우 많다. 그 토지를 계산해 보면 100결 이하는 되지 않을 것이다. 이는 990명의 목숨을 해쳐서 한 집을 살찌우는 것이다. 나라 안의 부자 중에는 영남의 최씨, 호남의 왕씨처럼 곡식 1만 섬을 거두는 자도 있다. 그 토지를 계산해 보면 400결 이하는 되지 않을 것이다. 이는 3,990명의 목숨을 해쳐서 한 집을 살찌우는 것이다.

그런데도 불구하고 조정의 벼슬아치들은 부지런히 서둘러서 부유한 사람에게서 덜어 내어 가난한 사람에게 보태 줌으로써 그 생계 수단을 균등하게 만들기를 힘쓰지 않으니, 그들은 참된 군주와 목민관의 도리로써 그 임금을 섬기는 자들이 아니다.

.

---

하늘 아래 굶주리는 사람이 있어서는 안 된다는 근본적인 전제 위에서 다산은 토지의 균등한 분배를 주장하였다. 과다한 토지 소유의 부도덕성과 빈부 격차를 좌시하는 정치의 무책임을 날카롭게 비판하고 있다.

다산은 토지 문제를 집중 탐구한 「전론」(田論) 일곱 편을 남겼는데, 위 글은 그중 제1편이다. 이 글은 38세 무렵에 쓴 것으로 알려져 있다. 다산의 혁신적 사유가 심화되거나 공론화되지 못하고, 한 뛰어난 지식인의 머릿속 생각으로 남을 수밖에 없었던 조선 후기의 현실이 안타깝다

# 토지의 공동 소유를 제안함

이제 농사짓는 사람은 토지를 얻고, 농사짓지 않는 사람은 토지를 얻지 못하게 하려면, 여전법(閭田法)을 시행해야만 소기의 목적을 달성할 수 있을 것이다.

무엇을 여전(閭田)이라 하는가? 산천의 형세에 따라 경계를 긋고, 그 경계 안의 지역을 '여'(閭)¹_라고 한다. 3개의 '여'를 '이'(里)²_라 하고, 5개의 '이'를 '방'(坊)³_이라 하며, 5개의 '방'을 '읍'(邑)⁴_이라고 한다. '여'에는 여장(閭長)을 둔다. 1여의 농지는 1여의 사람들이 공동으로 다스리게 하되, 서로 간의 경계를 두지 않고 오직 여장의 명령에 따르도록 한다.

매일 하루 일할 때마다 여장은 그 노동 일수를 장부에 기록해 둔다. 추수가 끝나면 온갖 곡물을 모두 여장이 있는 곳으로 운반하여, 그 양곡을 분배한다. 우선 국가에 납부할 몫을 제하고, 다음으로 여장의 녹봉을 주고, 그 나머지를 노동 일수를 기록해 둔 장부에 의해 분배한다. 가령 곡식을 수확한 것이 1천 섬이고 장부에 기록된 노동 일수가 2만 일이라면, 1일 노동에 양곡 다섯 되를 분배하게 된다.

---

1_ 여(閭): 다음과 같은 원주가 달려 있다. "주나라 제도에 25가구를 1여라고 하였다. 이제 그 명칭을 빌려, 대략 30가구 전후를 1여로 하되, 숫자를 반드시 고정시키진 않는다."

2_ 이(里): 다음과 같은 원주가 달려 있다. "『풍속통』(風俗通)에서는 50가구를 1리라고 하였다. 이제 그 명칭을 빌리되, 반드시 50가구로 고정하진 않는다."

3_ 방(坊): 다음과 같은 원주가 달려 있다. "방은 고을의 명칭인데, 한나라 때 구자방(九子坊)이 있었다. 지금 우리나라 풍속에도 있다."

4_ 읍(邑): 다음과 같은 원주가 달려 있다. "주나라 제도에 4정(井)을 읍이라고 했는데, 지금은 군(郡)·현(縣)의 소재지를 읍이라고 한다."

한 농부의 경우, 장부에 기록된 부부와 아들과 며느리의 총 노동 일수가 800일이면 그 몫은 마흔 섬이 된다. 다른 농부의 경우, 노동 일수가 10일이면 그 몫은 다섯 말뿐이다.

　노동을 많이 한 사람은 양곡을 많이 얻게 되고, 노동을 적게 한 사람은 양곡을 적게 얻게 되니, 힘을 다하여 양곡을 더 많이 타지 않으려는 사람이 있겠는가? 사람들이 힘을 다하지 않음이 없을 테니 토지의 생산성이 증대될 것이다. 토지의 생산성이 증대되면 백성이 부유해진다. 백성이 부유해지면 풍속이 순후해지고, 사람들은 효도하고 공경하게 될 것이다. 그러므로 토지 제도 중에서 여전법이 가장 바람직하다.

---

조선 사회의 근본적인 개혁을 위해서는 토지 제도의 개혁이 급선무였다. 다산은 선배 학자들이 제안한 균전법(均田法)이나 한전법(限田法)의 문제점을 지적하면서 여전법을 제안하였다. 여전법은 '농사짓는 사람이 토지를 소유해야 한다'는 '경자유전'(耕者有田)의 원칙 위에서 토지의 공동 소유, 노동에 따른 분배를 그 골자로 한다. 서구와는 별도로 조선에서 창안된 일종의 공산주의 사상이라고 할 수 있다. 현실적인 실천론이 제시되지 않은 한계는 있지만, 다산의 혁명적 사유는 매우 독창적이다. 이 글은 「전론」 제3편이다.

# 선비도 생산적인 노동을 해야 한다

농사짓는 사람은 토지를 얻고, 농사짓지 않는 사람은 토지를 얻지 못한다. 농사짓는 사람은 곡식을 얻고, 농사짓지 않는 사람은 곡식을 얻지 못한다. 수공업에 종사하는 사람은 자기가 만든 물건을 곡식과 바꾸고, 상업에 종사하는 사람은 자기가 가진 재화를 곡식과 바꾸면 문제가 없다.

그런데 선비는 손이 부드럽고 약하여 힘든 일을 하지 못한다. 밭을 갈겠는가, 김을 매겠는가? 개간을 하겠는가? 거름을 주겠는가? 일을 하지 않아 그 이름이 장부에 기록되지 않으면 가을 수확 후에 곡식 분배가 없을 터이니, 장차 어떻게 하겠는가? 아아, 내가 여전법을 만들려는 것은 바로 이 때문이다.

선비란 어떤 사람인가? 선비는 어째서 두 손과 두 발을 놀리면서 남의 땅을 차지하고 남의 노동으로 먹고사는가? 선비가 일을 하지 않기 때문에 토지의 생산성이 최대화되지 않는다. 일을 하지 않으면 곡식을 얻을 수 없다는 사실을 알면 선비들도 직업을 바꿔 농사를 짓게 될 것이다. 선비가 농사일을 하면 토지의 생산성이 증대된다. 선비가 농사일을 하면 풍속이 순후해진다.

선비가 농사일을 하면 사회 질서를 어지럽히는 백성들이 사라질 것이다.

그러나 선비 중에 농사일을 하지 못하는 사람이 꼭 있다면 어떻게 할 것인가? 수공업이나 상업에 종사하면 될 것이다. 낮에는 농사일을 하고 밤에는 독서하거나, 부잣집 자제들을 가르쳐 생계를 꾸리면 될 것이다. 또한 현실에 필요한 이치를 탐구하고, 토지의 성질을 분별하며, 수자원을 관리하고, 기구를 만들어 노동력을 절감하고, 나무를 심고 가꾸는 법이나 가축을 기르는 법을 가르쳐 농사를 돕는 일을 하면 될 것이다. 이런 사람의 공로를 어찌 팔을 걷어붙이고 힘들여 일하는 사람과 비교할 수 있겠는가? 하루의 노동을 10일로 기록하고, 10일의 노동을 100일로 기록하여 곡식을 나눠 줘도 좋으리라. 선비라고 왜 분배 받는 것이 없겠는가?

---

다산은 조선 사회가 개혁되기 위해서는 놀고먹는 유식층(遊食層)이 사라져야 한다고 생각했다. 선비 계층이야말로 유식층이었다. 많은 선비들은 신분적 특권에 의존하여 생산노동을 도외시했으며 현실과 동떨어진 학문에 매몰되어 있었다. 다산은 '여전법'을 실시하면 선비들도 대거 생산 노동에 종사할 수밖에 없으리라 전망하였다. 또한 직접 생산노동을 하지는 않더라도 실제 현실에 유용한 지식을 추구하게 되리라 생각했다. 옛날의 선비는 오늘날의 지식인과 유사한 점이 있다. 지식인들은 자신의 지식이 누구를 위해 어떻게 존재하는지, 과연 세상에 쓸모는 있는 것인지를 성찰할 수 있어야 한다. 이 글은 「전론」 제5편이다.

# 신하가 임금을 몰아낼 수 있는가?

탕(湯)¹_이 걸(桀)²_을 몰아낸 것이 옳은가? 신하가 임금을 내쳤는데 옳은가? 이것은 옛날에는 정당한 일이었다. 탕왕이 처음 이런 일을 한 것은 아니다.

신농씨³_의 나라가 쇠잔해지자 제후들이 서로 폭력을 사용하였다. 이때 헌원씨⁴_가 자신의 신하가 되지 않은 자들을 무력으로 정벌하니, 제후들이 모두 그에게 귀복하였다. 헌원씨는 염제⁵_와 판천(阪泉)의 들판에서 전쟁을 벌였는데, 세 차례 싸워 승리를 거두고 신농씨를 대신하여 나라를 세워 황제(黃帝)⁶_가 되었다(이러한 사실은 『사기』의 '본기'에 기록되어 있다). 그러니 신하가 임금을 내친 것은 황제가 처음 한 일이다. 신하가 임금을 내쳤다고 하여 죄를 물으려면 황제에게 우선 물어야지, 어찌하여 탕왕에게 묻겠는가?

천자(天子)는 어떻게 해서 생겨났는가? 하늘에서 내려와 천자가 되었는가? 아니면 땅에서 솟아나 천자가 되었는가?

천자가 생겨난 연원을 따져 보자. 다섯 집이 1린(隣)인데, 다섯 집에서 수장(首長)으로 추대한 사람이 인장(隣長)이 된다.

---

1_ 탕(湯): 중국의 하(夏) 왕조를 멸망시키고 은(殷) 왕조를 세워 그 시조가 된 인물.
2_ 걸(桀): 중국 하 왕조의 마지막 임금. 폭군으로 유명하다.
3_ 신농씨(神農氏): 중국 고대의 전설적인 제왕. 백성에게 농경을 가르치고 처음 시장을 개설하였다고 전해진다.
4_ 헌원씨(軒轅氏): 중국 고대의 제왕.
5_ 염제(炎帝): 신농씨의 다른 이름.
6_ 황제(黃帝): 헌원씨의 다른 이름.

5린(隣)이 1리(里)인데, 5린에서 수장으로 추대한 사람이 이장(里長)이 된다. 5비(鄙)[7]가 1현(縣)인데, 5비에서 수장으로 추대한 사람이 현장(縣長)이 된다. 여러 현장이 함께 추대한 자가 제후가 되며, 제후들이 함께 추대한 자가 천자가 된다. 그러니 천자는 뭇사람이 추대하여 된 자다.

뭇사람이 추대하여 수장이 되었으니, 뭇사람이 추대하지 않으면 수장이 될 수 없다. 그러므로 다섯 집이 협의가 잘되지 않으면 다섯 집이 의논하여 인장(隣長)을 바꾼다. 5린이 협의가 잘되지 않으면 스물다섯 집이 의논하여 이장을 바꾼다. 모든 제후가 협의가 잘되지 않으면 그들이 의논하여 천자를 바꾼다. 모든 제후가 천자를 바꾸는 것은 다섯 집이 인장을 바꾸고, 스물다섯 집이 이장을 바꾸는 것과 같으니, 누가 감히 신하가 임금을 내쳤다고 말하겠는가?

또 천자의 지위를 박탈하면서도 천자 노릇만 못하게 했을 뿐, 지위를 낮춰 제후로 복귀하는 것은 허락하였다. 그러므로 요임금의 아들은 당후(唐侯)가 되었고, 순임금의 아들은 우후(虞侯)가 되었고, 우임금의 후예는 하후(夏侯)가 되었으며, 은 왕실의 후예는 은후(殷侯)가 되었다. 천자의 지위를 박탈하면서 그 후손들을 끊어 버리고 제후로 삼지 않은 것은 진(秦)나라가 주(周)나라를 멸망시킨 뒤부터 시작된 일이다. 이리하여 진나라의

---

7_ 비(鄙): 20리(里), 즉 500집이 1비이다.

후손도 제후가 되지 못하고 끊겨 버렸고, 한(漢)나라의 후손도 제후가 되지 못하고 끊겨 버렸다. 사람들은 천자의 후손이 제후가 되지 못하고 끊겨 버린 것을 보고 "천자를 내치는 자는 어질지 못하다"라고 말하는데, 어찌 실제 사실과 맞는 말이겠는가?

뜰에서 춤추는 사람이 64명 있다. 그중에 한 사람을 선발하여 그로 하여금 깃대를 잡고 선두에 서서 춤추는 사람들을 지휘하게 한다. 깃대를 잡은 자가 절도에 맞게 지휘를 잘하면 무리들이 그를 존경하여 '우리의 지도자'라고 부른다. 깃대를 잡은 자가 지휘를 잘하지 못하면 무리들은 그를 끌어내려 이전의 위치로 복귀시킨다. 그리고 유능한 자를 다시 선발하여 선두에 끌어올리고 '우리의 지도자'라고 부른다. 지휘하는 자를 끌어내리는 것도 무리들이고 끌어올리는 것도 무리들이다. 끌어올리는 것은 괜찮고, 끌어내려 교체하는 것은 죄가 된다면 어찌 이치에 맞는 것이겠는가?

한(漢)나라 이후로는 천자가 제후를 세우고, 제후가 현장을 세우고, 현장이 이장을 세우고, 이장이 인장을 세웠다. 그러므로 감히 윗사람에게 공손하지 않은 일을 하면 '반역'이라고 이름 붙였다. 이른바 '반역'이란 무엇인가? 옛날에는 아랫사람들이 윗사람을 세웠다. 그러므로 아랫사람들이 윗사람을 세우는 것은 '순

---

8_ 왕망·조조·사마의·유유·소연 등: 왕망(王莽)은 한(漢) 평제를 죽이고 신(新)나라를 세웠다. 조조(曹操)는 후한(後漢) 헌제 때 재상이 되고 나중에 위왕(魏王)이 되었는데, 후에 위나라 무제로 추존되었다. 사마의(司馬懿)는 삼국 시대 위나라 문제 때 승상에 올라 그의 손자 사마염이 황제의 지위를 찬탈할 기초를 닦았다. 유유(劉裕)는 남조(南朝) 송나라의 무제이다. 처음 진(晉)나라를 섬기다 뒤에 황제의 지위를 찬탈하였다. 소연(蕭衍)은 남조 양(梁)나라를 창업한 무제이다.

9_ 무왕(武王): 은(殷)나라를 멸망시키고 주(周)나라를 세운 인물.

리'였다. 지금은 윗사람이 아랫사람을 세운다. 그러므로 아랫사람들이 윗사람을 세우는 것은 '반역'이 된다.

그러므로 아랫사람이 윗사람을 교체한 것은 마찬가지지만 한나라 이후의 왕망·조조·사마의·유유·소연 등8_은 반역을 행한 것이고, 한나라 이전의 무왕9_·탕왕·황제(黃帝) 등은 현명한 왕이요 성스러운 황제(皇帝)다. 이러한 이치를 모르고, 걸핏하면 탕왕과 무왕을 깎아내려 요임금이나 순임금보다 낮춰 평가한다면 어찌 역사의 변화에 통달한 사람이라 하겠는가?

장자(莊子)가 말했다. "여름 한철에만 사는 쓰르라미는 봄과 가을을 모른다."

---

엄격한 위계질서에 기초한 중세사회에서, 그것도 임금에 대한 충성을 절대 진리라고 내세운 유교국가 조선에서 이같은 글이 나올 수 있었다는 것이 놀랍다. 역사적 사실들을 증거로 제시하며 객관적 사론(史論)인 것처럼 서술하고 있지만, 그 실제 내용인즉슨 곧장 민권혁명을 정당화하는 이론으로 발전할 수 있는 급진성을 내포하고 있다. 정치적 문제에 있어 다산은 탁월한 근본주의적 성찰을 보여 주곤 한다. 다산의 그런 성찰이 개인적 불행과 조선 사회의 폐쇄성으로 인해 중도에 꺾여 버리고 더 이상 개화되지 못했다는 사실이 가슴 아프다. 이 글의 원제는 「탕론」(湯論)이다.

# 고구려는 왜 멸망했을까?

고구려는 졸본[1]에 도읍을 정한 지 40년 만에 불이성[2]으로 도읍을 옮겼고, 여기서 425년 동안 나라를 유지하였다. 이때는 군사력이 매우 강하여 국토를 널리 개척하였다. 한(漢)나라와 위(魏)나라 때 중국이 수차례 침략해 왔으나 모두 물리쳤다. 장수왕 15년(427)에 평양으로 도읍을 옮긴 뒤 239년 만에 멸망하였다. 비록 백성이 많고 물자가 풍부하며 성곽이 견고했으나 끝내 소용이 없었다. 이는 무엇 때문인가?

압록강 북쪽은 기후가 추운데다가 땅이 몽고와 맞닿아 있어 사람들이 모두 굳세고 용감하였다. 또 강한 오랑캐들과 섞여 살아 항상 사방으로부터 침입을 받을 수 있기 때문에 방비를 매우 튼튼하게 하였다. 그런 까닭에 오래도록 나라를 유지할 수 있었다.

평양은 압록강과 청천강의 남쪽에 있으며 산천이 수려하고 풍속은 유연하다. 밖으로는 백암성·개모성·황성·은성·안시성 등 견고하고 큰 성(城)과 진(鎭)이 겹겹이 평양을 보호하며 앞뒤로 줄지어 있다. 그러니 평양 사람들에게 어찌 두려움이 있었겠는가?

---

1_ 졸본(卒本): 다음과 같은 원주가 있다. "졸본은 흘승골성(紇升骨城)이다."

2_ 불이성(不而城): 다음과 같은 원주가 있다. "불이성은 위나암성(尉那巖城)이다."

3_ 고연수(高延壽): 고구려의 장군. 당태종의 군대가 안시성을 포위하자 고혜진과 함께 안시성을 응원하기 위해 출정했다가 당태종의 유인에 빠져 대패하고, 항복하였다. 나중에 당나라에서 벼슬을 하였다.

4_ 고혜진(高惠眞): 고구려의 장군. 고연수와 함께 당나라에 항복하였다.

5_ 연개소문(淵蓋蘇文): 고구려의 재상, 장군. 북쪽에 천 리에 이르는 장성을 축조하여 당나라에 대비하였다. 반란을 일으켜 영류왕을 시해하고 보장왕을 세워 정권을 잡았다. 당나라의 침입을 여러 차례 막아 냈다.

고연수[3]와 고혜진[4]이 외적에게 항복했으나 문책하지 않았고, 연개소문[5]이 군사를 동원하여 난을 일으켰으나 이를 금지하지 않았다. 안시성 성주(城主) 양만춘이 일개 작은 성을 근거지로 당나라의 백만 대군과 맞서 싸웠으나 상을 주지도 않았다. 그것은 다름이 아니라 평양을 믿었기 때문이다.

아아, 평양은 믿을 수 있는가? 요동성이 함락되면 백암성이 위태롭고, 백암성이 함락되면 안시성이 위태롭고, 안시성이 함락되면 애주(愛州)가 위태롭고, 애주가 함락되면 살수(薩水)가 위태롭다. 살수는 평양의 울타리나 마찬가지다. 입술이 없으면 이가 시리고, 살갗이 벗겨지면 뼈가 드러나게 된다. 그런데도 평양을 믿을 수 있겠는가?

중국 역사를 보면 진(晉)나라와 송(宋)나라는 양자강 남쪽으로 도읍을 옮긴 뒤 천하를 잃었다. 우리 역사를 보면 고구려는 압록강 남쪽으로, 백제는 한강 남쪽으로 도읍을 옮긴 뒤 나라를 잃었다. 이를 거울삼아 경계해야 한다.

경전에 말하기를 "적국(敵國)으로 인한 외환(外患)이 없는 나라는 망한다"고 했고, 병법에 말하기를 "죽을 곳에 처한 뒤에라야 살게 된다"고 하였다.

---

고구려는 왜 멸망했는가? 자만했기 때문에 망했고, 안주했기 때문에 망했다. 어디 고구려만 그렇겠는가? 많은 나라가 그럴 것이다. 어디 나라만 그렇겠는가? 많은 사람도 그럴 것이다. 그래서 사람은 우환에 살고 안락(安樂)에 죽는다고들 하지 않는가.

# 음악은 왜 필요한가?

음악이 없어지고 나서 형벌이 심하게 되었다. 음악이 없어지고 나서 전쟁이 자주 일어나게 되었다. 음악이 없어지고 나서 원망이 생겨났다. 음악이 없어지고 나서 속임수가 성행하게 되었다.

어째서 그러한가? 사람의 일곱 가지 감정[1] 가운데 분출되기는 쉽지만 제어하기는 어려운 것이 분노이다. 사람이 답답하고 우울하면 마음이 화평하지 않고, 분노와 원한이 있으면 마음이 풀어지지 않는다. 바로 그때 형벌을 이용해 일시적으로 기분을 풀어 주면 사람의 마음이 화락하고 순순해질 수 있다. 그러나 여러 가지 악기 소리를 들려주어 그 마음이 점차로 화평해지고 풀어지는 것보다는 못하다.

다른 한편, 전쟁을 일으키고 다른 나라를 정벌함으로써 자신의 치욕을 씻거나 원수를 갚고 싶다고 생각하는 경우가 있다. 그렇게 하면 일시적으로 기분이 통쾌해질 수는 있을 것이다. 하지만 함영과 소호의 음악[2]을 날마다 그 사람 앞에서 연주하게 하면 살벌하게 싸우고 싶은 생각이 어디에서 일어나겠는가? 음악이 없어지고 나서 형벌이 심하게 되었고, 음악이 없어지고 나서 전쟁이 자주 일어나게 된 것은 이 때문이다.

---

**1_** 일곱 가지 감정: 희(喜)·노(怒)·애(哀)·낙(樂)·애(愛)·오(惡)·욕(欲).

**2_** 함영과 소호의 음악: 고대의 이상적인 음악들. 함(咸)은 황제(黃帝)의 음악인 함지(咸池), 영(英)은 제곡(帝嚳)의 음악인 오영(五英), 소(韶)는 순(舜)임금의 음악, 호(護)는 탕(湯)임금의 음악인 대호(大護)이다.

윗사람이 형벌로 다스리고 전쟁으로 겁을 준다면, 아랫사람은 그에 대응하여 오직 근심하고 괴로워하고 탄식하는 소리를 내거나, 간사하고 아첨하고 속이는 꾀만 생각하게 될 것이다. 이 때문에 음악이 없어진 뒤 원망이 생겨나고, 음악이 없어진 뒤 속임수가 성행하게 된 것이다.

지금 세속의 음악은 음란하고 슬프고 바르지 못한 소리이다. 그런데도 한창 음악을 연주할 때면, 상급 관리는 하급 관리를 용서해 주고 한 집의 가장은 하인들을 용서해 주게 된다. 세속의 음악도 그런데 하물며 옛 성인의 음악이야 어떠하겠는가? 그러므로 "예악은 잠시라도 우리 몸에서 멀리할 수 없다"라고 한 것이다. 그렇지 않다면 성인이 왜 그런 말씀을 하셨겠는가?

음악이 없으면 백성을 끝내 교화할 수도 없고, 풍속을 끝내 변화시킬 수도 없으며, 온 세상에 화평한 기운을 생겨나게 할 수 없다.

---

다산은 맺힌 마음을 풀어 주고, 좁은 마음을 틔워 주며, 거친 마음을 부드럽게 해 주는 음악의 역할을 중시하고 있다. 그리고 음악을 잘 활용해야 좋은 정치가 가능하다고 말하고 있다. 사람들의 마음을 선량하고 평화롭게 이끄는 것이야말로 좋은 정치의 핵심이기 때문이다. 다산은 음악 연구에도 조예가 깊어 『악서고존』(樂書孤存)이라는 책을 저술하기도 했다.

# 참된 시(詩)란?

## 1

시는 긴요한 일은 아니다. 그러나 사람의 성정(性情)을 읊조리는 것이 무익하지는 않다. 그러나 굳세고 우뚝하거나 웅혼하고 여유롭거나 맑고 씩씩한 기운에는 유의하지 않고 단지 뾰족하고 가늘고 자잘하고 경박하고 촉급한 언어만 힘써 일삼으니 개탄할 만하다. (……)

무릇 시의 근본이란 부자와 군신과 부부 사이의 인륜에 있으니, 때로는 그 즐거운 뜻을 선양하기도 하고 때로는 원망하거나 사모하는 마음을 드러내기도 한다. 그 다음으로는 세상을 근심하고 백성을 가련하게 여겨, 구해 주고 싶지만 힘이 없고 도와주고 싶지만 재물이 없어서 방황하고 슬퍼하며 차마 그만두지 못하는 뜻이 있어야 바야흐로 시라고 할 수 있다. 만약 자신의 이해득실에만 얽매인다면 그것은 시가 아니다.

## 2

(……) 오늘날 시 쓰는 사람들은 마땅히 두보(杜甫)를 큰 스승으로 여기고 배워야 할 것이다. 모든 시인들의 시 중에서 두보의 시가 최고인 까닭은 『시경』의 시 정신을 온전히 계승하였기 때문이다. 『시경』에 있는 3백 편의 시는 모두 충신·효자·열녀·좋은 벗들의 간절하고 진실한 마음을 표현하고 있다.

임금을 사랑하고 나라를 근심하지 않으면 그것은 시가 아니다. 시대를 아파하고 세속에 분개하지 않으면 그것은 시가 아니다. 아름다운 것을 아름답다고 하고 미운 것을 밉다고 하며, 착함을 권장하고 악함을 징계하지 않으면 그것은 시가 아니다.

그러므로 뜻이 서 있지 않고, 학문이 익지 않으며, 진리를 알지 못하고, 군주를 잘 보좌하여 백성들을 잘살게 하려는 마음이 없는 사람은 시를 지을 수가 없다. (……)

## 3

(……) 시는 뜻을 말로 표현하는 것이다. 뜻이 본래 야비하고 더러우면, 억지로 맑고 고상한 말을 해도 이치에 맞지 않게

된다. 뜻이 본래 편협하고 비루하면, 억지로 달통한 말을 해도 사정에 절실하지 않게 된다.

시를 배우면서 그 뜻을 깊이 생각하지 않는다면, 더러운 땅에서 맑은 샘물을 구하려는 것과 같고 악취나는 나무에서 좋은 향기를 찾으려는 것과 같아서 평생 노력해도 시의 본질을 터득할 수 없다.

그러면 어떻게 해야 하는가? 하늘과 인간, 본성과 천명의 이치가 무엇인지 알고, 인심(人心)과 도심(道心)이 어떻게 나뉘는지 살펴야 한다. 그리하여 마음의 찌꺼기를 걷어 내고 참된 마음이 발현되도록 해야 한다. (……)

---

다산의 문학적 입장을 알 수 있는 글이다. 1과 2는 아들에게 보낸 편지, 3은 초의 선사(草衣禪師)에게 준 글에서 발췌하였다. 타인의 고통에 연민을 느끼고 사회적 모순을 예리하게 비판하며, 더 나은 인간과 더 나은 사회를 지향하는 마음이 있어야 진정한 시가 될 수 있다는 다산의 생각은 단순하면서도 힘이 있다.

# 정치 잘하는 법

옛날 소현령[1]이 부구옹[2]에게 정치 잘하는 법을 물었다. 부구옹이 말했다.

"나에게 여섯 글자의 비결이 있다. 그대가 사흘 목욕재계한다면 들려줄 수 있다."

현령이 그 말대로 하고 나서 듣기를 청하니, 부구옹이 먼저 한 글자를 주는데 '염'(廉) 자였다. 현령이 일어나 두 번 절하고[3] 잠시 후 다시 청하니, 부구옹이 또 한 글자를 주는데 '염'(廉) 자였다. 현령이 일어나 두 번 절하고 다시 청하니, 부구옹이 마지막으로 한 글자를 주는데 역시 '염'(廉) 자였다. 현령이 두 번 절하고 말했다.

"청렴함이 그토록 중요합니까?"

부구옹이 말했다.

"그대는 세 개의 '염'(廉) 자 중 하나는 재물에 적용하고, 또 하나는 여색(女色)에 적용하고, 다른 하나는 직위에 적용하라."

현령이 말했다.

"나머지 세 글자도 들을 수 있겠습니까?"

부구옹이 말했다.

---

1_ 소현령(蕭縣令): '소현의 현령'이라는 뜻. 소현은 지금의 중국 강소성(江蘇省)에 있던 지명.
2_ 부구옹(浮丘翁): 중국 고대의 전설적인 선인(仙人).
3_ 두 번 절하고: 존경의 표시로 두 번 절하는 것이다.

"다시 목욕재계를 사흘 하면 들려줄 수 있다."

현령이 그 말대로 하였더니, 부구옹이 말했다.

"그대는 들으려는가? 염(廉), 염(廉), 염(廉)이다."

현령이 말했다.

"청렴함이 그토록 중요합니까?"

부구옹이 말했다.

"앉아 보게나. 내 그대에게 말해 주겠네. 청렴함은 밝음을 낳는다. 그러니 사물의 실상이 훤히 드러날 것이다. 청렴함은 위엄을 낳는다. 그러니 백성들이 모두 그대의 명령을 따를 것이다. 청렴함은 강직함을 낳는다. 그러니 상관이 그대를 함부로 대하지 못할 것이다. 이래도 정치 잘하는 방법으로서 부족한가?"

현령이 일어나 두 번 절하고 그것을 띠에 쓴 다음[3] 떠나갔다.


상관이 심한 말로 나를 위협하는 것은 무엇 때문인가? 내가 이 관직을 지키려고 할 것이라 생각해서이다. 간사한 아전이 조작된 비방으로 나를 두렵게 만드는 것은 무엇 때문인가? 내가 이 관직을 지키려고 할 것이라 생각해서이다. 현직 재상이 청탁으로써 나를 더럽히는 것은 무엇 때문인가? 내가 이 관직을 지키려고 할 것이라 생각해서이다.

무릇 관직을 다 떨어진 신발처럼 여기지 않는 자는 하루도

---

3_ 그것을 띠에 쓴 다음: 여기서 '띠'는 귀한 신분의 사람들이 의복에 착용하는 큰 띠이다. 허리에 두르고 남는 부분은 늘어뜨려 장식한다. 여기에 글자를 썼다는 것은 잠시도 잊지 않고 명심하겠다는 각오를 표한 것이다.

• 기존 연구에서는 이 글을 막연히 강진 시절(1801~1818)의 작품으로 추정했다. 이 글은 영암군수 이종영(李鍾英)에게 써 준 글이다. 『조선왕조실록』에 의하면 이종영은 1815년 영암군수로 재직했다. 그러므로 이 글은 53, 54세 무렵의 글로 추정된다.

이런 자리에 앉아 있어서는 안 된다. 흉년에 백성을 위한 조세 감면을 요구해 받아들여지지 않으면 관직을 떠난다. 상관의 무리한 요구를 거절하여 받아들여지지 않으면 떠난다. 상관이 내게 무례한 행동을 하면 떠난다. 상관이 항상 나를 언제 날아가 버릴지 모르는 새처럼 여긴다면, 내 말을 따르지 않을 수 없을 것이며, 내게 무례한 행동을 할 수도 없을 것이다. 그러면 내가 정치하는 것이 거침없이 순조로울 것이다.

마치 보석을 품에 안고 힘센 자가 그걸 빼앗아 가지나 않을까 두려워하는 사람처럼, 자신의 자리를 잃지나 않을까 항상 노심초사하고 전전긍긍한다면, 그 자리를 보전하기 어려울 것이다. (……)

---

공직자의 처신 비결은 처음부터 끝까지 오직 청렴뿐이라는 사실을 매우 인상적으로 말하고 있다. 어디 공직자뿐이겠는가? 재물과 성적 욕망과 지위에 대한 욕심이 적을수록 잘못은 적어진다. 욕심이 적을수록 사물의 실상이 더 잘 보인다. 욕심이 적을수록 어느 누구도 나를 위협하거나 구속하지 못한다. 53, 54세 때의 글이다.

# 술자리에서 사람 보는 법

황해도관찰사 이공(李公) 의준(義駿)이 부용당에서 연회를 베풀었는데, 여기에 참석한 수령이 10여 명이었다. 나는 사관(査官)¹⁻으로 해주에 갔는데, 이공이 편지를 보내, "지금 연꽃이 한창이라 모임을 마련했으니, 자리를 함께하였으면 하오"라며 초대하였다.

내가 연회에 도착하자 이공이 술을 권하며 말했다.

"이곳은 선화당²⁻과는 다르니, 오늘은 마음 편히 즐기도록 하오."

나는 말했다.

"참으로 좋으신 말씀입니다. 하지만 관찰사가 지방 수령들의 잘잘못을 살피기에는 선화당보다 이곳이 낫다고 생각됩니다. 공께서는 그 까닭을 아시는지요?"

이공이 무슨 말이냐고 물어서, 나는 다음과 같이 말했다.

"수령들이 선화당에 오면 걸음걸이가 단정하고 얼굴빛은 엄숙하며 말은 삼가고 행동은 공손하게 예의에 맞아, 한 사람도 훌륭한 관리가 아닌 사람이 없습니다. 그러나 이 부용당과 같은 장소에서는 연꽃 향기가 진동을 하고, 버들가지는 늘어졌으며, 죽

---

1_ 사관(査官): 사건의 상세한 진상을 조사하는 담당 관리를 이른다. 당시 다산은 황해도 곡산부사로 재직 중이었다. 지방 수령은 관찰사의 요청으로 다른 지방의 사건이나 일을 조사하는 임무를 수행하기도 했다.
2_ 선화당(宣化堂): 관찰사가 공무를 수행하는 건물.

순과 고기가 상에 가득하고, 곱게 꾸민 기생들이 모여 있으며, 좋은 술을 마시고, 좋은 안주를 배불리 먹고, 상관은 좋은 낯빛을 하고 있어, 거침없이 즐기며 담소를 합니다.

이때 떠들고 웃으며 제멋대로 행동하는 사람이 있으니, 이를 살펴보면 그 잡스러움을 알 수 있습니다. 그 사람은 필시 유능하지만 가볍게 법을 어기는 일이 있을 것입니다.

자기를 낮추고 아첨하며 상관을 칭송하고 우러르며 빌붙는 사람이 있는데, 이를 살펴보면 그 비루함을 알 수 있습니다. 그 사람은 필시 면전에서는 아첨을 잘하지만 백성들을 속이는 일이 많을 것입니다.

기생과 눈짓을 나누고 뜻을 전하면서 이성에 대한 정을 못 잊는 사람이 있으니, 이를 살펴보면 그 나약함을 알 수 있습니다. 그 사람은 필시 직무에 게으르면서 요구와 청탁은 많을 것입니다.

술고래처럼 퍼마시며 만취하고도 술을 사양하지 않는 사람이 있는데, 이를 살펴보면 그 혼미함을 알 수 있습니다. 그 사람은 필시 술로 인해 업무를 제대로 수행하지 못하며 형벌을 남발할 것입니다.

이와 같으니 수령들을 살핌에 있어 선화당보다 이곳이 더 낫지 않겠습니까?"

이공이 말했다.

"좋은 말씀이외다. 그러나 수령들 또한 관찰사가 하는 일을 살핀다오. 나는 공의 말을 듣고 나 스스로를 살피려 하오. 어느 겨를에 다른 사람까지 살피겠소?"

이에 함께 나눈 말을 기록하고 '부용당기'(芙容堂記)라 한다.

---

공적인 자리에서는 대개 다 그럴싸한 사람으로 보인다. 하지만 사적인 자리에서 주의 와 긴장을 늦추었을 때, 그 사람됨이 더 잘 드러난다. 그런 사실을 너무 잘 알아서 요즘 사람들은 술자리에서 다 함께 망가지길 요구하는 것일까?

항상 스스로의 생각과 말과 행동을 잘 건사할 뿐 아니라, 언제 어디서든 다른 사람들을 주의 깊게 관찰하는 다산의 면모가 잘 드러난다. 37세 때의 글이다.

# 파리를 조문한다

경오년(1810) 여름에 엄청난 파리떼가 생겨나 온 집안에 가득하더니 점점 번식하여 산과 골을 뒤덮었다. 으리으리한 저택에도 엉겨 붙고, 술집과 떡집에도 구름처럼 몰려들어 우레 같은 소리를 내었다. 노인들은 괴변이라 탄식하고, 소년들은 분을 내어 파리와 한바탕 전쟁을 벌이려고 했다. 혹은 파리통을 설치해 잡아 죽이고, 혹은 파리약을 놓아 섬멸하려 했다.

나는 이를 보고 말했다.

"아아, 이 파리들을 죽여서는 안 된다. 굶어 죽은 사람들이 변해서 이 파리들이 되었다. 아아, 이들은 기구하게 살아난 생명들이다. 슬프게도 작년에 큰 기근을 겪었고, 겨울에는 혹독한 추위를 겪었다. 그로 인해 전염병이 유행하였고, 가혹하게 착취까지 당하여 수많은 사람이 죽었다. 시신이 쌓여 길에 즐비했으며, 시신을 싸서 버린 거적이 언덕을 뒤덮었다. 수의도 관도 없는 시신 위로 따뜻한 바람이 불고, 기온이 높아지자 살이 썩어 문드러졌다. 시신에서 물이 나오고 또 나오고, 고이고 엉기더니 변하여 구더기가 되었다. 구더기떼는 강가의 모래알보다 만 배나 많았다. 구더기는 점차 날개가 돋아 파리로 변하더니 인가로 날아들었다. 아아, 이 파리들이 어찌 우리 사람들과 마찬가지 존재가 아니랴. 너의 생명을 생각하면 눈물이 줄줄 흐른다. 이에 음식을 마련해 파리들을 널리 불러 모으나니 너희들은 서로 기별하여 함께 와서 이 음식들을 먹어라."

이에 다음과 같이 파리를 조문(弔問)한다.

파리야, 날아와 이 음식 소반에 앉아라. 수북한 흰 쌀밥에 맛있는 국이 있단다. 술과 단술이 향기롭고, 국수와 만두도 마련하였다. 그대의 마른 목을 적시고 그대의 타는 속을 축여라.

파리야, 날아오너라. 훌쩍훌쩍 울지 마라. 네 부모와 처자를 함께 데려오너라. 이제 여한 없이 한번 실컷 먹어 보아라. 그대가 살던 옛집에는 잡초만 가득하다. 처마는 내려앉고 벽은 무너지고 문짝은 기울었다. 밤에는 박쥐가 날고 낮에는 여우가 운다. 그대가 일하던 밭에는 가라지만 돋아 있다. 올해는 비가 많아 흙탕물이 흐르는데, 마을은 사람이 없어 황폐하게 버려졌구나.

파리야, 날아와 기름진 고기 위에 앉아라. 살진 소다리가 보기 좋게 구워져 있고, 초장에 파강회[1]·생선회·농어회도 있단다. 그대의 굶주린 창자를 채우고 얼굴을 환히 펴라. 도마 위엔 남은 고기 있으니 그대 무리들에게 먹여라. 그대의 시신은 이리저리 높이 쌓였는데, 옷도 없이 거적에 둘둘 말려 있다. 장맛비

---

1_ 파강회: 파를 데쳐서 돼지고기나 편육에 돌돌 말아 초장에 찍어 먹는 음식.

내리고 날이 더워지자 시신은 모두 이물(異物)로 변한다. 구물구물 솟아나 어지러이 꿈틀대며 움직인다. 옆구리와 등줄기에 넘쳐나더니 콧구멍까지 가득 채운다. 그러고는 허물을 벗고 훌훌 날아가는구나.

길에는 시신만 있어 행인들이 무서워하는데, 아기는 죽은 어미의 가슴을 더듬으며 젖을 빨고 있다. 산에 무덤을 만들지 못해 마을에 시신이 뒹군다. 구덩이에 널브러져 잡초가 우거져 있다. 이리떼가 와서 좋아 날뛰며 뜯어먹는구나. 해골이 뒹구는데 구멍만 뻐끔하다. 그대는 이미 성충이 되어 날아가고 껍데기만 남았구나.

파리야, 날아서 관아에 들어가지 마라. 관아에선 굶주려 여위고 해쓱한 사람을 엄격히 선발하는데, 서리가 붓을 잡고 자세히 살펴본다.[2] 빽빽이 모인 중에 행여 한 번 뽑혀도 물처럼 멀건 죽을 겨우 한 번 얻어 마실 뿐이다. 게다가 묵은 쌀의 벌레들이 어지러이 아래위로 날아다닌다. 위세 부리는 아전들은 모두 돼지처럼 살쪘는데, 아무 공도 없건만 부화뇌동하여 공로를 아뢰면 수령은 가상히 여겨 견책을 않는다.[3] 보리만 익으면 백성 구휼 그만두고 연회를 벌이는데, 북소리·피리 소리 울려 퍼진다. 아리따운 기생들은 교태를 머금고 빙빙 돌며 부채춤 추는구나. 그곳엔 음식이 풍성하게 있지만 그대가 먹을 수는 없단다.

---

2_ 굶주려~살펴본다: 기근이 들면 백성을 구휼하기 위해 임시 구호소를 지방 관아에 설치했다. 아전들이 모여든 백성들 중에서 굶주린 사람을 선발하고, 장부에 기록했다.
3_ 위세 부리는~않는다: 백성 구휼을 위해 배정된 곡식을 빼돌려 아전들이 착복하는 일이 비일비재했다. 그런데도 아전들은 견책을 받기는커녕 구휼 임무를 잘 수행했다고 그 공을 칭찬받았다는 뜻이다.

파리야, 날아서 관리들의 객사로 들어가지 마라. 깃대가 우뚝우뚝 서 있고 창대도 늘어서 있다. 소고기국·돼지고기국이 가득가득 먹음직하고, 메추리구이, 붕어찜, 오리탕, 기러기탕, 중배끼,4_ 꿀떡에 문어오림5_도 흐드러졌다. 기분이 한껏 좋아 기생을 쓰다듬는데, 하인들이 큰 부채를 부쳐 대므로 그대는 그곳을 엿볼 수도 없단다. 호장6_은 부엌에 가서 요리를 살핀다. 숯불을 지펴 대며 왜(倭)쟁개비7_에 고기를 익히고, 수정과와 설탕물을 맛있다 칭찬한다. 호랑이 같은 문지기가 무섭게 막아서서 배고파 호소하는 사람을 시끄럽다 물리치고, 객사에선 고요히 음식을 즐긴다. 아전들은 주막에 앉아 사람을 시켜 문서를 쓰게 해 역마를 통해 보고를 올린다. '백성들은 편안하며 길에는 굶주린 사람 없어 태평무사'라고.

파리야, 날아오너라. 살아 돌아오지는 마라. 그대 지각 없어 아무것도 모르는 걸 축하하노니 그대 죽었어도 재앙은 형제에게까지 미친다. 6월이면 조세를 독촉하며 아전이 문을 두드리는데, 그 소리 사자의 포효처럼 산천을 흔든다. 가마솥도 빼앗아 가고

---

4_ 중배끼: '중박계'라고도 한다. 밀가루에 기름과 꿀을 넣고 질게 반죽하여 밀어서 네모나고 큼직하게 썰어서 튀기는 유밀과(油蜜果)의 하나.

5_ 문어오림: 말린 문어 다리를 아름다운 모양으로 오려 놓은 것. 오징어오림도 있다.

6_ 호장(戶長): 호방(戶房). 지방 관아의 재정을 담당하는 아전.

7_ 왜(倭)쟁개비: 일본 냄비. 18세기 말, 19세기 초에 일본 스키야키 요리가 동래를 통해 들어와 값비싼 요리로 유행하였다.

송아지와 돼지도 끌고 간다. 그러고도 부족하여 관가에 끌고 가
곤장을 치는데, 맞고 돌아오면 기진하여 병에 걸려 죽어 간다.
백성들은 온통 눌리고 짓밟혀 괴로움과 원망이 너무도 많지만
천지 사방 어디라 호소할 데 없구나. 백성들 모두 다 죽어 가도
슬퍼할 수도 없구나. 어진 이는 움츠려 있고 소인배는 비방이나
일삼는다. 봉황은 입 다물고 까마귀만 우짖누나.

　　파리야, 날아서 북쪽으로 가거라. 북으로 천 리를 날아 궁궐
로 가거라. 임금님께 그대의 충정을 하소연하고 깊은 슬픔 펼쳐
아뢰어라. 어려운 궁궐이라고 시비(是非)를 말 못하진 마라. 해
와 달처럼 환히 백성의 사정 비추어서 어진 정치 펴 주십사 간곡
히 아뢰어라. 번개처럼 우레처럼 임금님 위엄이 떨쳐지게 해 달
라고 하여라. 그러면 곡식은 풍년이 들고 백성은 굶주리지 않으
리라. 파리야, 그런 다음 남쪽으로 돌아오려무나.

---

1809년과 1810년에 기근과 전염병으로 수많은 백성이 죽었다. 마을과 거리에 쌓인 시
신에서 파리떼가 생겨나 극성을 부리는 끔찍한 상황이 벌어졌다. 다산은 그 파리떼가
바로 굶주려 죽은 백성이 변신한 것이라 느끼며, 몹시 슬퍼하고 백성의 넋을 위로하는
마음으로 이 글을 썼다. 그리고 백성들의 처참한 죽음이 가혹한 착취와 관리들의 부패
에서 비롯된 것임을 고발하고 있다. 가난한 백성을 향한 다산의 크나큰 슬픔과 연민의
감정이 너무도 진실되고 강렬하게 표현되어 있다.
놀랍게도 일본 만화 『맨발의 겐』에도 이와 아주 유사한 장면이 등장한다. 원자폭탄이
투하된 후, 엄청난 파리떼가 히로시마의 하늘을 뒤덮었다. 주인공 겐이 수백 마리의 파
리떼에 둘러싸여 있는 아주머니를 보고, 대신 파리를 쫓아 주려 하자 아주머니는 화를
내며 그만두라고 한다. 아주머니 바로 옆에는 형체를 알 수 없게 된 아들의 시신이 있었
다. 아주머니에게는 시신에서 생겨난 파리떼가 바로 자신의 아들에 다름 아니었던 것
이다. 49세 때의 글이다.

# 백성들이 죽어 가고 있다 — 김공후[1]_에게

요사이 평안하신지요? 탕(湯)임금 이후로 이같이 큰 가뭄이 있었습니까? 봄에 농사일을 시작한 뒤로 입추(立秋)까지 단 세 차례 비가 아주 조금 내렸을 뿐입니다. 5월 이후로 하늘에 구름 한 점 없었고, 40여 일 동안 밤마다 건조한 바람이 불어 이슬조차 내리지 않았습니다.

벼는 말할 것도 없고, 기장·목화·삼·깨·콩 따위와 채소·마늘·온갖 과일 종류에서부터 명아주·비름·쑥까지 말라 죽지 않은 것이 없습니다. 대나무에는 죽순이 나지 않고 소나무에는 솔방울이 달리지 않습니다. 흙에서 나는 모든 먹을거리와 우리 백성의 일상생활에 꼭 필요한 것들이 하나도 자라지 않습니다.

샘물이 마르고 시냇물이 끊어져 시골 사람들의 물 걱정은 굶주림 걱정보다 더 심합니다. 소나 말에게 먹일 물과 풀도 없어 집집마다 소를 잡아먹는 지경에 이르렀지만, 누구 하나 말리지 않습니다. 잘 모르겠습니다만, 예로부터 이처럼 큰 흉년이 있었던가요?

6월 초부터 백성들은 사방으로 흩어져 유랑하고 있습니다. 가슴을 두드리며 울고 부르짖는 소리가 수없이 들리고, 길가에

---

**1**_ 김공후(金公厚): 김이재(金履載, 1767~1847). 공후는 그의 자. 호는 강우(江右). 신유박해 때 고금도로 유배되었다가 1805년 풀려나 나중에 이조판서를 역임했다. 이 글은 다산이 1809년 6월에 보낸 편지다.

버려진 어린아이가 헤아릴 수 없이 많습니다. 참담하고 마음이 아파 차마 보고 들을 수가 없습니다. 한여름인데도 이와 같으니 가을은 안 봐도 알 수 있고, 겨울 이후는 더 말할 필요가 없을 것입니다.

대저 이 고을의 논이 6천여 결(結)에 불과한데, 그중에서 모내기를 못한 논이 4천 결이나 됩니다. 이미 모내기를 한 논 중에도 모가 타고 바닥이 드러나 붉게 갈라 터진 곳이 열에 일고여덟이며, 밭은 이미 물기 없는 붉은 땅이 되어 버렸습니다.

근래에 모내기를 못한 논에 메밀을 대신 파종하는데, 메밀씨 한 되 값이 스무 푼[2]이나 합니다. 그나마 뿌린 메밀도 다 말라 죽고 싹 하나 보이지 않습니다. 또 모든 논밭이 다 마르고 땅이 굳어 호미도 들어가지 않습니다. 김을 맬 수가 없어 백성들은 모두 손을 놓고 바라보고만 있습니다. 나이 많은 노인들에게 물어보고 과거 기록을 살펴보아도 이처럼 큰 흉년은 일찍이 없었습니다.

가을이 되어도 수확할 가망이 없으니 사람들은 시장에 쌀을 내다 팔지 않습니다. 곡식을 보유한 부유한 백성들은 모두 보리죽을 먹으며 내년 보리 수확 때까지 버티려 합니다. 그러니 시장에 곡식이 나오겠습니까? 집에 비축한 곡식이 없는 사람들은 금과 옥을 갖고도 곡식을 살 수 없습니다. 백성들이 일찍부터 사방

---

2_ 푼: 엽전 한 닢이 한 푼이다. 100푼이 1냥이다. 18세기에 콩 1되의 값이 대략 1~2푼 정도였으니, 메밀 값은 이보다 더 낮았을 터이다. 어림잡아 메밀 값이 10~20배 정도 폭등한 것이다.

을 떠돌아다니는 것은 오로지 이 때문입니다. 이 고을만 그런 게 아니라 이 지방이 다 그렇고, 모든 지방이 다 그렇습니다.

이런 상황을 전해 들으니 두렵고 떨려 넋이 나갈 지경인데도, 수령들은 귀를 틀어막고 들어앉아 피서나 즐기고 있어, 백성들은 그 얼굴조차 볼 수 없습니다. 그런데도 부역은 매일같이 있어 풍년 때보다 더 심합니다.

그리고 교활하고 사나운 아전과 포졸들을 풀어 민간에 비축해 놓은 양식을 토색질하고, 혹은 사찰을 덮치고 장사치들에게 강제로 빼앗습니다. 문서에 100섬지기로 기록되어 있는 사람에게는 엽전 1,000푼[3]의 뇌물을 바치게 하고, 10섬지기로 기록되어 있는 사람에게는 엽전 100푼의 뇌물을 바치게 합니다. 욕설을 퍼붓고 능욕을 자행하여 법이나 기강이라곤 전혀 없으니, 이는 어찌 된 까닭입니까?

어리석은 백성들은 모두 내년 봄에 진휼이 있으리라 기대하고 있지만, 내가 보기로는 그럴 가망이 없습니다. 여러 군현의 곡식 장부는 6, 7년 이래로 모두 알맹이 없는 빈 문서일 뿐입니다. 문서에 10만 섬으로 기재된 곳도 실제 보유한 곡식은 3만 섬에 불과하고,[4] 문서에 3만 섬으로 기재된 곳도 실제 보유한 곡식은 1만 섬에 불과한데[5] 그 나머지는 모두 관리들이 착복한 것입니다.

3_ 엽전 1,000푼: 10냥에 해당한다.
4_ 문서에~불과하고: 다음과 같은 원주가 달려 있다. "나주(羅州)와 순창(淳昌)의 경우."
5_ 문서에~불과한데: 다음과 같은 원주가 달려 있다. "강진(康津)과 장흥(長興)의 경우."

해가 갈수록 아전의 전횡이 극심합니다. 중앙의 재상들과 연을 맺고, 지방 수령을 마음대로 다루며 관청을 제집처럼 여겨 제멋대로 합니다. 그들의 젊은 여자는 물론이거니와 늙은 노파까지도 나들이를 할 때면 모두 지붕 있는 가마를 타고 좌우의 하인들이 행인들을 물리치며 옹위하기를 마치 관원 가족에게 하는 것처럼 합니다. 그 자제들은 벼슬하지 않은 자조차도 평소에 갓을 쓰고 안석에 기대어 앉으니 명분과 기강이 완전히 무너졌습니다. 이들이 쓰는 돈이 어디서 나오겠습니까? 모두 관청의 곡식을 착복한 것입니다.

이 고을만 해도 민간에 나눠 준 환곡이 장부에는 2만 섬으로 기록되어 있으나, 실제로는 7천 섬에 불과합니다. 10월에 창고를 열고 혹독하게 징수한다 해도 2천 섬을 넘지 못할 것입니다. 이 2천 섬 중에 창고에 남겨 둘 수 있는 건 쌀 60섬과 보리 1천 섬뿐입니다. 창고에 있는 곡식을 남김없이 내어 백성들을 구제한다 하더라도 수천 명의 한 달 양식에 지나지 않습니다. 그런데 굶주린 사람은 만 명이 넘고 곡식은 한 달을 지탱할 수 없으니 내년 봄에 어찌 구휼을 할 수 있겠습니까?

모든 고을의 사정이 다 마찬가지이니 어디 양곡을 가져올 곳도 없고, 모든 지방이 다 굶주리니 서로 구제해 줄 방안이 없습니다. 아무리 공황6 이나 주소7 처럼 탁월한 인물들이 수령이 되

---

6_ 공황(龔黃): 중국 한나라의 훌륭한 관리였던 공수(龔遂)와 황패(黃霸).

7_ 주소(周召): 중국 주나라의 재상이었던 주공단(周公旦)과 소공석(召公奭).

고 관찰사가 된다 할지라도 백성을 살릴 수 있는 방법이 없을 것
입니다. 아아, 하늘이시여! 이 일을 어찌 한단 말입니까?

---

「파리를 조문한다」 바로 한 해 전에 쓴 글이다. 「파리를 조문한다」에서 드러난 대재앙
이 이 글을 통해 이미 예고된 것임을 알 수 있다. 굶주리고 고통받는 백성들을 속수무책
으로 바라볼 수밖에 없는 다산의 절절하고도 비통한 심경이 잘 느껴진다. 다산이 백성
의 현실과 지방 행정의 실상을 그 세부 사실까지 매우 구체적이고도 냉철하게 파악하
고 있었다는 사실도 주목된다. 진정한 연민은 이처럼 절절하고, 비통하고, 구체적이고,
냉철하다. 48세 때의 글이다.

가을의 음악

# 겨울 산사(山寺)에서

화순에서 북쪽으로 5리 떨어진 곳에 만연사(萬淵寺)가 있고, 만연사 동쪽에 고요한 수행처가 있다. 불경을 설법하는 승려가 그곳에 사는데, 동림사(東林寺)라고 부른다. 아버님이 화순현감이 되신 다음해 겨울, 나는 둘째 형님과 함께 동림사에 머물렀다. 둘째 형님은 『상서』(尚書)를 읽고, 나는 『맹자』를 읽었다.

이때 첫눈이 싸라기처럼 땅을 덮었고, 계곡물은 얼락 말락 했으며, 숲의 나무와 대나무도 모두 파랗게 얼어붙은 듯하여, 아침저녁으로 거닐면 정신이 깨끗이 맑아졌다. 아침에 일어나면 곧 계곡물로 가서 양치질하고 세수하고, 공양 시간을 알리는 종이 울리면 여러 비구와 나란히 앉아 밥을 먹는다. 날이 저물어 별이 보이면 언덕에 올라 휘파람을 불고 시를 읊조린다. 밤이 되면 게송 외는 소리, 불경 읽는 소리를 듣다가 다시 책을 읽는다. 이렇게 하기를 40여 일 하고 나는 말했다.

"중이 중 노릇 하는 이유를 이제야 알겠습니다. 부모·형제·처자와 함께 사는 즐거움이 없고, 술과 고기, 질탕한 음악과 여색(女色)의 즐거움이 없는데, 저 사람들이 왜 괴로이 중 노릇을 하겠습니까? 진실로 이런 것들과 바꿔도 되는 깊은 즐거움이 있

기 때문입니다. 우리 형제가 다니며 공부한 지 이미 여러 해가
되었지만, 일찍이 이 동림사에서 맛본 것과 같은 즐거움을 느낀
적이 있었습니까?"

둘째 형님도 말했다.

"그래! 그래서 중 노릇 하는 것일 게다!"

---

겨울 산사에서의 독서! 고요와 절제, 집중과 깊이.
어린 시절의 글이지만 다산의 취향과 감성이 잘 느껴진다. 17세 때의 글이다.

# 가을 맑은 물

용산의 서쪽 마포에 '추수정'(秋水亭), 즉 '가을 물'이라는 이름의 정자가 있는데, 정씨(鄭氏)가 산다. 정자가 강가에 있으므로 사시사철 보이는 것이 모두 물인데, 유독 '가을 물'이라고 한 것은 무슨 뜻인가? 정씨에게 물었더니 다음과 같이 대답했다.

"전에 살던 사람이 이름 붙인 것을 그대로 따라 부를 뿐, 그 뜻은 모릅니다. 그러나 이 정자에 있어 보면 가을 물이 가장 좋습니다.

봄에는 물고기·소금·땔나무 등을 파는 시장이 서며, 밀려온 진흙이나 거품 같은 더러운 것들이 뒤섞여 강기슭에 쌓입니다. 모래톱이 깨끗하지 못한데다 배들도 많이 모여듭니다. 이때는 강물이 좋은 줄을 모릅니다.

여름에서 가을로 접어들면 장마로 불어난 물이 마을의 더러운 것들을 깨끗이 쓸어 보냅니다. 그런 뒤에 서늘한 바람이 불어 나무에 단풍이 들고, 푸른 하늘은 맑게 확 트입니다. 강 언덕과 모래사장의 불어났던 물이 비로소 줄어들고 구름 떠다니는 하늘 아래 밝은 모래는 맑게 빛납니다. 물새는 강가로 날아들고, 어부들의 노래가 포구에 울려 퍼집니다. 이때 난간에 기대어 바라보면, 끝없는 강 물결이 아득히 펼쳐져 있어 맑고 깨끗하여 즐길 만합니다. 그래서 정자의 이름을 '가을 물'이라 한 게 아닐는지요."

내가 말하였다.

"그렇다. 자네의 말이 옳다. 그러나 사물을 좋아하고 싫어하는 것은 모두 내 마음에 달린 것이다. 방탕한 풍류객에게 이 정자를 주면, 강 버들과 물가 꽃이 아름다울 때면 기생과 악사들을 데려다 놓고 놀 것이다. 그런 사람은 가을 물을 반드시 좋아하지는 않을 것이다.

또 이익만을 추구하는 욕심 많은 장사꾼이라면 건어물 냄새를 향기처럼 여길 터이니, 어느 겨를에 이 정자에 앉아 가을 물을 감상하겠는가?

오직 맑은 선비라야 가을 물을 좋아할 것이다. 자네는 노력하기 바란다."

그러고는 함께 말한 것을 글로 써서 추수정기(秋水亭記)로 삼는다.

---

가을 강가에는 번잡함, 더러움, 시끄러움이 사라진다. 가을 물을 좋아하는 사람은 맑음, 깨끗함, 고요함을 좋아하는 사람이다. 그 사람은 바로 다산 자신이기도 하다. 26세 때의 글로 추정된다.

# 나의 아름다운 뜰

나의 집은 명례방[1]에 있다. 이곳에는 고관들의 저택이 많아 길거리에 날마다 수레와 말이 지나다니고, 아침저녁으로 즐길 만한 연못이나 동산이 없다. 그래서 뜰을 반으로 나누어 경계를 정하고, 여러 가지 좋은 꽃과 과실나무를 구해 화분에 심어 그곳을 채웠다.

안석류[2] 중에서 잎이 두껍고 큼직하며 열매가 단 것을 해석류라고도 하고 왜석류라고도 하는데, 이 왜석류가 네 그루 있다. 줄기가 위로 곧게 뻗어 열 자쯤 되고, 곁가지가 없으며, 위로 쟁반처럼 둥근 모양을 한 것을 능장류라고 하는데, 이것이 두 그루 있다. 석류 중에 꽃은 피지만 열매가 열리지 않는 것을 꽃석류라고 하는데, 이것이 네 그루 있다.

매화는 두 그루 있다. 세상 사람들은 오래된 복사나무나 살구나무의 밑둥이 썩어 뼈대만 남은 것을 가져다 괴석(怪石) 모양으로 다듬은 뒤, 그 옆에 겨우 작은 매화 가지 하나를 접붙이고, 이것을 기이하다며 숭상한다. 그러나 나는 뿌리와 줄기가 견실하고 가지가 잘 벋은 것을 좋아한다. 꽃이 좋기 때문이다.

치자는 두 그루 있는데, 두보가 "치자는 뭇 나무와 달리 / 실

---

1_ 명례방(明禮坊): 지금의 서울 명동 일대.
2_ 안석류(安石榴): 석류의 일종. 중국 한나라 때 장건이 서역의 안석국(安石國)에서 가져왔기에 '안석류'라고 하였다.

로 세상에 많지 않네"라고 노래한 바 있듯이, 희소한 종내기다. 동백이 한 그루 있고, 수선화 네 포기를 하나의 화분에 심은 것이 하나 있다. 파초는 잎이 방석만 한 것이 하나 있고, 2년생 벽오동이 하나 있고, 만향(蔓香)3_이 하나 있다. 국화는 여러 종류가 있는데 모두 열여덟 분(盆)이고, 부용이 한 분이다.

아주 굵은 대나무를 구해 와 화단의 동북쪽을 막아 울타리를 세웠다. 하인들이 지나다니며 옷자락으로 꽃을 건드리지 않도록 한 것이다. 이것이 이른바 죽란(竹欄), 즉 대나무 울타리다.

늘 조정에서 집으로 돌아오면 두건을 젖혀 올려 이마를 드러낸 채 울타리를 따라 거닐기도 하고, 혹은 달빛 아래에서 홀로 술을 마시고 시를 짓기도 하니, 고요한 산림과 동산의 정취가 있어 시끄러운 수레 소리를 거의 잊게 되었다.

윤이서·이주신·한혜보·채미숙·심화오·윤무구·이휘조4_ 등 여러 사람이 날마다 여기 와서 함께 술을 마시며 즐겼는데, 이 모임을 '죽란시사'(竹欄詩社)라고 하였다.

3_ 만향(蔓香): 만형(蔓荊)을 가리키는 것으로 보인다. 우리말로는 순비기나무라고 하는데, 해변의 모래땅에 사는 낙엽 관목으로 높이 20~80cm이며, 여름에 입술 모양의 자줏빛 꽃이 핀다.

4_ 윤이서~이휘조: 윤이서(尹彝敍)는 윤규범(尹奎範), 이주신(李舟臣)은 이유수(李儒修), 한혜보(韓徯甫)는 한치응(韓致應), 채미숙(蔡邇叔)은 채홍원(蔡弘遠), 심화오(沈華五)는 심규로(沈奎魯), 윤무구(尹无咎)는 윤지눌(尹持訥), 이휘조(李輝祖)는 이중련(李重蓮)이다.

다산은 평생 뜰이나 텃밭 가꾸기를 좋아하였다. 서울에 있을 때, 다산이 자신의 정원을 어떻게 꾸몄는지 잘 볼 수 있다. 각종 화초나 나무를 화분에다 심은 뒤, 그 화분들로 뜰을 채운 점이 흥미롭다. 다산이 특히 석류와 국화를 좋아했다는 것도 알 수 있다.

# 벽 위의 국화 그림자

국화가 다른 꽃들보다 뛰어난 점이 네 가지 있다. 늦게 피는 것, 오래 견디는 것, 향기로운 것, 아름답지만 화려하지 않고 깨끗하지만 차갑지 않은 것, 이 넷이다.

국화를 사랑하기로 세상에 이름이 났거나 국화의 멋을 안다고 자부하는 사람들도 그 사랑하는 점이 이 네 가지를 벗어나지 않는다. 그런데 나는 네 가지 외에 벽에 비친 국화 그림자를 특별히 좋아한다. 밤마다 국화 그림자를 보려고 벽을 치우고 등촉(燈燭)을 켜고 고요히 그 앞에 앉아 스스로 즐겼다.

하루는 윤이서[1]에게 가서 말했다.

"오늘 저녁 우리 집에서 자면서 함께 국화를 구경합시다."

이서가 말했다.

"국화가 아무리 아름답지만 어떻게 밤에 구경할 수 있겠나?"

그러면서 몸이 좋지 않다고 사양하므로, 내가 말했다.

"한 번만 구경해 보십시오."

그러고는 군이 청하여 함께 집으로 왔다.

저녁이 되자, 일부러 동자에게 국화분 하나 앞에 등촉을 가

---

1_ 윤이서(尹彝敍, 1752~1821): 원래 이름은 지범(持範)인데 나중에 규범(奎範)으로 고쳤다. 이서는 그의 자이고, 호는 남고(南臯)이다. 고산 윤선도의 직계 후손이며 윤두서의 증손으로 다산의 외육촌이다. 다산보다 열 살이 많았으나 매우 친분이 두터웠다.

까이 갖다 대고 있게 한 다음, 이서를 이끌고 가 보여 주면서 말했다.

"기이하지 않습니까?"

이서가 자세히 보더니 말했다.

"자네 말이 이상하이. 나는 기이한 줄 모르겠네."

그래서 나도 그러시냐고 하였다.

조금 뒤에 다시 동자에게 제대로 한번 해 보게 했다. 옷걸이와 책상같이 어수선하고 들쭉날쭉한 물건들을 치우고, 국화의 위치를 벽에서 약간 떨어지게 정한 다음, 적당한 곳에다 등촉을 둔 뒤, 불을 비추었다. 그랬더니 기이한 무늬, 이채로운 형상이 홀연 벽에 가득했다.

가까운 그림자는 꽃과 잎이 서로 어우러지고 가지들이 정연하여 마치 수묵화를 펼쳐 놓은 것 같았다. 그 뒤의 그림자는 너울너울 어른어른 춤추듯 하늘거리는데, 마치 달이 동산 위로 떠오를 때 서쪽 담장에 비친 뜰 안의 나뭇가지 같았다. 멀리 있는 그림자는 어슴푸레하고 흐릿하여 마치 아주 엷은 구름이나 놀과 같은데, 사라질 듯 말 듯 휘도는 모습은 마치 일렁이는 파도와 같아, 번득번득 어릿어릿해서 이루 다 형용할 수가 없었다.

이에 이서가 크게 소리치고 뛸 듯이 기뻐하며 손으로 무릎을 치며 감탄했다.

● 기존 연구에서는 이 글이 1796년 작품이라고 추정했다. 그러나 윤이서의 묘지명에 의하면, 다산과 윤이서가 함께 국화 그림자를 감상한 것은 1794년 가을의 일임을 알 수 있다.

"기이하네! 이야말로 천하의 빼어난 광경일세!"

감동이 가라앉자 술을 가져오게 했고, 술이 취하자 함께 시를 지으며 즐겼다. 그때 이주신·한혜보·윤무구도 같이 모였다.

---

외등 불빛을 받아 흰 벽 위에 드리워진 겨울나무의 그림자는 얼마나 아름다운가. 환한 달빛을 받아 창호에 비친 대나무 그림자는 또 얼마나 신비로운가. 때로 그림자는 빛과 어둠이 빚어내는 수묵화가 된다. 국화 그림자에서 아름다움을 찾아내고 즐기는 다산의 미적 감각이 돋보인다. 33세 때의 글이다.

# 부처 사는 삶

윤이서가 문과에 급제한 뒤로 십수 년이 지났건만,[1] 그간 변변한 녹봉(祿俸)을 받은 일이 없었다. 그는 때때로 서울에 올라와 노닐었다. 그가 한 곳에 정착하지 못하고 부처 사는 것을 딱하게 여긴 사람이 그에게 가족을 데리고 서울로 이사 오길 권했다.[2]

그 말대로 했지만, 자기 집이 없어 육촌 아우 무구(无咎)의 집에 부처 살았다. 때마침 이시한(李是釬)이 작은 집을 세내어 그 이웃에 살고 있었는데, 처의 재산을 얻어 다른 곳으로 이사하면서 살던 집을 이서에게 주었다. 그래서 이서가 이 집에 부처 살게 되었는데, 집 뒤에 살구나무가 있는 뜰이 있었다. 이서는 이를 기원(寄園), 즉 '부처 사는 뜰'이라고 하였다.

처음 이서가 식객으로 떠돌 때에는 부처 사는 것이 한 몸, 한 곳일 뿐이었다. 그런데 가족을 이끌고 서울로 온 뒤로는 자기 한 몸만이 아니라 노모와 처자까지 모두 함께 부처 살게 되었고, 또 장소도 여러 번 바뀌었으니, 그 부처 사는 것이 심하지 않은가?

그러나 이서가 스스로 부처 산다고 자처하는 것이 어찌 이 때문이겠는가? 만약에 이서에게 나라 한가운데에 있는 높고 넓

---

1_ 문과에~지났건만: 윤이서는 1777년 증광문과에 급제하였다. 고산 윤선도의 후손이라는 이유로 여러 사람이 방해하여 제대로 벼슬하지 못했다. 중간에 임용될 기회가 있었으나 모함이 있어 본인 스스로 출사하지 않았다. 또한 1791년 진산 사건 이후로는 그 중심 인물인 윤지충과 한 집안인 까닭에 등용되지 못했다. 1796년에 사헌부 지평, 사간원 정언에 제수되었고, 1797년에 임천군수에 임용되었다.

2_ 딱하게 여긴 사람이~권했다: 윤이서는 서울에서 태어났으나 1768년 해남으로 갔다. 그에게 서울로 이사 오길 권한 사람은 당시 재상이었던 채제공이다.

은 저택을 주어 거기서 생활하게 한다 할지라도 그는 부처 산다고 자처하지 않을 것인가?

지금 온 세상 사람은 모두 부처 살지 않는 사람이 없다. 뭇사람은 어리석어 자기 거처를 편안히 여기고 자기 삶을 즐거워하지만, 그것은 비유컨대 도화원[3] 사람들이 태어나서 자라고 시집가고 장가들고 하면서도 자기들의 선조가 진(秦)나라를 피해 그곳에 왔다는 사실을 모르는 것과 마찬가지다. 오직 사리에 통달한 사람만이 세상은 편안히 여기기에 부족한 곳이요, 인생은 유한하다는 것을 안다.

부싯돌의 불이나 물거품이 잠깐 사이에 생겨났다 잠깐 사이에 사라지는 것처럼 세상 만물을 그렇게 보고 일찍이 미련을 두지 않아야 한다. 그런 뒤에야 높은 벼슬을 하찮게 여기고 금과 은을 깨어진 기왓장처럼 버릴 수 있어, 세상의 흐름을 따라서 살되 대상에 함몰되거나 탐닉하지 않게 될 것이다. 그런 뒤에야 도처에 덫을 설치해 놓아도 빠지지 않고, 하늘 가득 그물을 쳐 놓아도 걸려들지 않는다. 세상 밖으로 나가든 세상 속으로 들어오든 아무도 그 경지를 알지 못한다. 이런 사람은 부처 사는 삶이 자신에게서 비롯된 것이다.

자기수양과 깨끗한 행동은 우둔한 세상을 일깨우기에 충분

---

3_ 도화원(桃花源): 도연명의 「도화원기」에 나오는 이상향.

4_ 이서의~알지 못한다: 이서가 부처 사는 것은 자신과 남, 양쪽 모두에서 비롯된 것이라는 게 다산의 생각이다. 다산이 쓴 묘지명에 의하면 이서는 성품이 개결하고 초연한데다, 재능은 있었지만 여러 가지 정치적 이유로 벼슬길이 순조롭지 못했다.

• 기존 연구에서는 이 글이 1791년 가을~1792년 4월에 쓰였다고 했다. 그러나 윤이서의 묘지명에 의하면 이 글은 진산 사건(1791) 수년 후에 쓰였고, 윤이서는 기원이 있는 집에서 살다가 1795년 겨울에 정조가 하사한 집으로 이사했다. 따라서 이 글은 1794~1795년에 쓰였다.

하고, 뛰어난 문장은 임금을 돕기에 충분하지만, 관리가 위에 아뢰지 않고 담당자는 그를 천거하지 않아서 내내 삶이 험난하기만 하고, 임금을 모시는 자리의 말석에도 참여하지 못한다. 마치 바람에 날리는 나뭇잎이나 연잎에 맺힌 물방울처럼 정처 없이 떠다니고 이리저리 구르지만 아무도 붙잡아 머물게 하지 않는다. 이런 사람은 부처 사는 삶이 남에게서 비롯된 것이다.

　이서의 부처 사는 삶이 자신에게서 비롯된 것인지 남에게서 비롯된 것인지 나는 감히 알지 못한다.[4] 자신에게서 비롯된 것도 부처 사는 삶이요, 남에게서 비롯된 것도 부처 사는 삶이다. 따지고 보면 나 스스로 부처 사는 것이나 남이 나로 하여금 부처 살게 하는 것이나 다 부처 사는 삶이다. 이러한 이유로 이서가 자신의 뜰을 '부처 사는 뜰'이라고 한 것일까?

---

여기 오라고 한 자 내가 아니며, 여길 떠나라고 하는 자 내가 아니다. 이 삶의 주인은 내가 아니며, 나는 우주의 떠돌이일 뿐이다. 그런 사실을 투철하게 아는 사람만이 그물에 걸리지 않는 바람처럼 세상을 살아갈 것이다. 33, 34세 때의 글이다.

# 임금님의 깊은 마음

사람이 이 나라에 살면서 궁궐에 들어가 임금님의 빛나는 풍채를 가까이할 수 있다면, 비록 물 뿌리고 비질하는 일을 한다 해도 오히려 영광일 것이다. 하물며 규장각에 비장되어 있는 책을 뽑아 볼 수 있게 해 주시고, 주상 전하께서 진장(珍藏)하고 계신 도서를 열람할 수 있게 하시어 문필(文筆)의 일에 종사하게 해 주심에랴.

이곳에서 힘을 다해 일할 수 있다면 비록 이득이나 녹봉이 더 많아지지 않는다 할지라도 오히려 영광일 것이다. 하물며 진귀한 음식과 술을 앞뒤로 벌여 놓아 진수성찬을 날마다 내려 주심에랴.

병진년(정조 20, 1796) 겨울에 신(臣) 용(鏞)¹ 및 익진²과 제가³가 주상 전하의 부름을 받고 규장각에 들어가 『사기』를 교정하였다. 주상께서는 규장각의 서고⁴에 소장되어 있는 여러 가지 본(本)의 『사기』를 모두 내어다가, 서로 다른 곳이 있으면 그때마다 여럿 중에서 가려내어 좋은 것을 취하라고 명하셨다.

이에 본문을 보다가 주석을 찾기도 하고, 주석으로 인해 온갖 서적을 찾아보게 되었다. 하나라도 고증해야 될 것이 있으면

---

1_ 신(臣) 용(鏞): 정약용 자신을 가리킴. 성(姓) 없이 이름만을 쓴 것은 신하로서의 예의를 갖추기 위한 것이다. 정약용은 규장각 교서(校書)로 있었다.
2_ 익진(翼晉): 승지(承旨) 이익진(1750~1819). 정조 때 교리·승지 등을 역임하고, 순조 때 호조참의·대사간 등을 역임하였다.
3_ 제가(齊家): 검서(檢書) 박제가(1750~1805). 실학자. 『북학의』를 저술하였다.
4_ 규장각의 서고: 중국책을 보관하는 규장각의 서고에는 당시 '열고관'(閱古館)이라는 명칭이 붙어 있었다.
5_ 각감(閣監): 규장각에 소속된 잡직의 하나.

곧 서적을 내려 주십사 청하였다. 그래서 규장각 서고에 비장되어 있는 서적을 열에 하나 둘 정도는 볼 수 있었다.

저녁밥이 집에서 오면, 각감5_이 와서 말하기를 "오늘 저녁은 배불리 먹지 마십시오" 했는데, 그날 밤에는 반드시 주상께서 진귀한 음식을 하사하셔서 배불리 먹곤 했다. 그 영광됨이 너무나 특별하지 않은가.

아아, 『사기』를 교정하는 것은 책을 위해서가 아니었다. 규장각 서고에 여러 본이 갖추어져 있는데, 무엇 때문에 교정을 하겠는가? 『사기』를 교정하는 것은 나라를 위해서도 아니었다. 글자의 획수나 모양에 혹 오류가 있다 해도, 나라에 해가 될 일은 없는데 무엇 때문에 교정을 하겠는가? 『사기』를 교정하는 것은 신(臣)들을 위한 일이었다.

정조와 다산의 관계는 일반적인 군신 관계를 훌쩍 넘어선 것이었다. 다산에게 있어 정조는 임금이자, 학문적 스승이자, 인간적 후원자이자, 반대파의 공격으로부터 자신을 보호해 주는 정치적 울타리이기도 했다. 이 글에는 깊고도 절제된 군신 간의 정의가 잘 표현되어 있다. 35세 때의 글이다.

# 내가 바라는 삶

원굉도[1]는 천 냥을 주고 좋은 배 한 척을 사서 즐길 만한 온 갖 악기를 배 안에 갖추어 두고서는, 바라는 대로 한껏 즐기다가 비록 이로 인해 망한다 할지라도 후회하지 않겠다고 말했다. 이것은 미친 사람이나 방탕한 사람이 하는 일이다. 내 뜻은 그와는 다르다.

나는 한 냥을 주고 작은 배 한 척을 사서 고기잡이 그물 네댓 개와 낚싯대 한두 개를 갖추어 두고, 솥이나 그릇 같은 생활에 필요한 기구들을 마련하고, 배 위에 방 하나를 만들어 온돌을 놓고 싶다. 그리고 집은 두 아들에게 맡기고, 늙은 아내와 어린 아들, 하인 한 명만 데리고 배를 집으로 삼아 물결 위를 떠다니고 싶다.

종산(鐘山)과 소내 사이를 오가면서 오늘은 오계(奧溪)의 연못에서 고기를 잡고, 다음 날은 석호(石湖)의 물굽이에서 낚시질하며, 또 그 다음 날은 문암(門巖)의 여울에서 고기를 잡는다. 강바람을 마시고 물결 위에서 잠을 자며 오리처럼 둥실둥실 떠다니다가, 때로 시를 지어 내 기구한 심정을 읊조린다. 이것이 내가 바라는 삶이다.

---

**1_** 원굉도(袁宏道): 중국 명말(明末)의 문학가. 자는 중랑(中郎). 공안파(公安派) 문학의 창시자. 그 문학은 유교 사상의 속박에서 벗어난 진솔함과 자연스러움을 강조했으며, 한가로운 정서, 은일 취향이 특징적이다.

옛사람 중에 실제로 이렇게 한 사람이 있는데, 은사(隱士) 장지화2가 그 사람이다. 장지화도 원래는 한림학사였는데, 만년에 물러나 이렇게 살았다. 그는 스스로의 호를 연파조수(煙波釣叟), 즉 '안개 낀 물결 위의 낚시꾼'이라고 하였다. 나는 그의 풍모를 듣고 기뻐하며 '소상연파조수지가'(苕上煙波釣叟之家), 즉 '소내의 안개 낀 물결 위의 낚시꾼 집'이라 쓰고, 이것을 장인(匠人)을 시켜 나무에 새겨서 현판으로 만들어, 그것을 간직해 온 지 여러 해가 되었다. 이는 장차 배를 마련하고 방을 만들면 거기에 달려고 한 것이다. '소내의 안개 낀 물결 위의 낚시꾼 집'에서 '집'이란 바로 물 위를 떠다니는 뱃집을 말하는 것이다.

경신년(정조 24, 1800) 초여름에 처자를 이끌고 소내에 있는 집으로 돌아와서 막 뱃집을 만들려고 하였는데, 주상 전하께서 내가 떠났다는 말을 들으시고 규장각에 명을 내려 나를 소환하셨으니, 아아, 내가 어찌하겠는가? 다시 서울로 가면서 그 현판을 꺼내어 유산3에 있는 정자에 달아 놓고 떠났다. 이로써 내가 몹시 연연해 하면서도 차마 내 뜻을 고수하지 못하는 까닭을 기록한다.

---

2_ 장지화(張志和): 중국 당나라의 시인. 한림학사를 지냈으나 나중에 강호에 은거하였다. 서화에 능했으며, 노래를 잘하고 악기를 잘 다루었다. 한가롭게 은거하는 삶을 표현한 작품이 많다.

3_ 유산(酉山): 다산이 살던 마을의 뒷산 이름. 다산은 자신을 '유산 노인'이라고 하기도 했다. 뒷날 다산의 큰아들 학연이 자신의 호를 '유산'이라고 했다.

다산은 1799∼1800년 무렵 서울 생활을 청산하고 은거하려고 생각했다. 작은 배를 집 삼아 처자와 함께 정처 없이 강물 위를 떠다니고 싶다는 소박한 소망 속에는 지치고 쓸 쓸한 그의 마음이 담겨 있다. 그러나 정조의 부름을 받아 애초 배에 걸려고 했던 현판을 뒷산 정자에 매달고 다시 서울로 향했다. 그런데 얼마 지나지 않아 정조가 갑자기 승하했고, 다산은 정치적 격랑에 휩싸이게 되었다. 39세 때의 글이다.

# 취한 사람, 꿈꾸는 사람

얼굴은 벌겋고 인사불성인데다 구역질을 하고 큰 소리를 질러 대며 비틀비틀 길을 가는 사람이 있다면, 이는 취한 사람이다. 그에게 취했다고 말하면 버럭 화를 내며 자기는 취하지 않았다고 말하지 않는 사람이 없다.

눈을 감고 코를 골다가 때로 빙그레 웃으며 잠꼬대하는 사람이 있다면, 이는 꿈속에서 좋은 벼슬에 올랐거나 혹은 돈이나 보석 같은 탐나는 물건을 얻은 사람이다. 그러나 잠에서 깨어나기 전에는 그것이 꿈이라는 것을 알지 못한다.

어찌 취한 사람과 꿈꾸는 사람만 그렇겠는가? 병이 위독한 사람은 자신의 병을 알지 못한다. 스스로 병들었다고 말하는 사람의 병은 심각하지 않다. 미친 사람은 자신이 미친 줄을 모른다. 스스로 미쳤다고 말하는 사람은 거짓으로 미친 척하는 것이다. 간사함이나 음탕함, 게으름에 빠진 사람은 그것이 나쁜 줄을 모른다. 스스로 그것이 나쁘다고 말할 수 있는 사람은 그 잘못을 고칠 수도 있다.

굴원(屈原)은 취한 사람이다. 그는 성격이 너무 강직하면 자기 몸을 망치게 된다는 것과 재능이 뛰어나면 끝내 화를 불러올 수 있다는 것을 알지 못했다. 비록 술을 먹고 취한 것과는 다르지만 이 사람도 크게 취한 사람이다. 그래서 울분을 터뜨리며 자기는 취하지 않았다고 주장하며 "나 홀로 깨어 있다"라고 말했다.[1]

장자(莊子)는 이미 깨어 있는 사람이다. 오래 사는 것과 일찍 죽는 것을 마찬가지로 여기고 길고 짧음을 한가지로 보았으니, 이 사람은 환히 깨달은 사람이다. 그러므로 "꿈속에서 그 꿈을 점친다"라고 말한 것이다.[2]

대개 스스로를 돌아보며 자기가 "깨어 있다", "깨달았다", "깨쳤다"라고 말하는 것은 모두 깊이 취하거나 잠들었다는 증거다. 스스로 취하고 잠들었다고 자처할 수 있는 사람이 있다면 그 사람은 깨어날 기미가 있는 사람이다.

황 아무개 군은 어려서부터 자기수양의 학문에 뜻을 둔 사람이다. 세속에 휩쓸려 비록 성취한 바는 없지만 사람됨이 초연하고 깨끗하며, 그 모습은 맑고, 말은 과묵하고 허세가 없다. 파리처럼 이익을 좇아 분주한 사람들이나, 돼지처럼 편하게만 사는 사람과 비교하면 그는 또렷하게 깨어 있는 사람이라 하겠다.

하루는 황군이 나를 찾아와 말했다.

"저는 취해서 살고 꿈꾸다 죽을 사람입니다. 내 거처를 '취하고 꿈꾸는 집'이라 이름 지었는데, 이에 대한 글을 지어 주실 수 있겠습니까?"

---

1_ 굴원은~말했다: 굴원은 중국 전국 시대 초나라 사람이다. 충신으로 널리 알려졌다. 관료로서 강직하게 처신하다가 간신들의 모함과 비방을 받아 유배를 당했고, 그곳에서 투신 자살하였다. 굴원은 "온 세상이 다 혼탁한데 나 홀로 맑고, 세상 모든 사람이 취했는데 나 홀로 깨어 있다"라고 말한 바 있다.

2_ 장자는~말한 것이다: 장자는 중국 전국 시대 초나라 사람이다. 꿈에 자신이 나비가 되었던 이야기를 하면서 장자가 꿈에 나비가 되었는지, 나비가 꿈에 장자가 되었는지 알 수 없다고 하며 인생이 큰 꿈에 불과한 것이라고 말했다.

나는 '취하고 꿈꾸는 것'에 대해 본디 생각한 바가 있었기에 글을 써서 그에게 준다.

---

자기 스스로에 대해 취하지도 않고 꿈꾸지도 않는 자 그 몇이나 될 것인가? 자기착각이나 자기도취를 예리하게 응시할 수 있는 사람만이 투철한 자각에 이르는 법이다. 노자도 말하지 않았던가? 아는 자는 말이 없고, 떠드는 자 무지한 법이라고.

# 집

열흘 살다가 버리는 것은 누에의 고치이고, 여섯 달 살다가 버리는 것은 제비의 집이고, 일 년 살다가 버리는 것은 까치의 둥지이다. 그러나 집을 지을 때, 누에는 창자에서 실을 뽑아내고, 제비는 침을 뱉어 진흙을 만들고, 까치는 부지런히 풀이나 지푸라기를 물어 오느라 입이 헐고 꼬리가 빠져도 피곤한 줄을 모른다.

이것을 보는 사람들은 그들의 지혜를 하찮게 생각하고 그 삶을 딱하게 여긴다. 그러나 인간의 화려한 정자와 누각도 잠깐 사이에 먼지가 되어 버리니, 우리 인간들이 집 짓는 것도 이와 다를 게 없다.

우리가 백 년을 살다가 집을 버린다 해도 그렇게까지 애쓸 필요는 없는데, 하물며 얼마나 살 수 있을지 정해지지 않았음에랴. 우리가 처자식을 잘살게 하고 길이 후손에게까지 집을 물려준다 해도 그렇게까지 애쓸 필요가 없는데, 하물며 머리 깎은 승려임에랴. 승려이면서도 집을 수선하는 것은 자기 자신을 위해 하는 일이 아님을 알 수 있다.

승려 두운(斗雲)이 암자를 새로 수선하고 확장했는데, 공사

---

1_ 두륜산(頭倫山)의 만일암(挽日菴): 다음과 같은 원주가 달려 있다. "두륜산은 해남에 있다. 만일암을 창건한 사람은 백제의 승려 정관(淨觀)이다."

가 끝나자 다산의 초당(草堂)으로 나를 찾아와 말했다.

"이 지방에 있는 절만 해도 바둑판에 바둑알을 늘어놓은 것처럼 많습니다. 종소리 북소리가 도처에서 들리니, 어디를 간들 내 집 아닌 곳이 없습니다. 그런데다가 나는 이미 머리가 다 빠진 늙은이입니다. 내가 비록 어리석지만 어째서 이런 일을 하겠습니까. 다만 잘 수선하여 후인들에게 남겨 주려는 것입니다."

나는 그 말을 좋게 여겨 글을 짓고 암자의 이름을 물어보니, 두륜산의 '만일암'[1]이라고 하였다.

---

오늘날 집은 대다수 사람의 인생 자체가 되어 버렸다. 자기 집을 사고, 큰 집으로 옮기고, 한 채를 사고 두 채를 사고…… 누에와 제비와 까치의 집을 보면서 사람의 집을 생각하게 된다.

# 가을의 음악

음악 연주는 처음에는 종소리로 시작해서, 마지막에는 경쇠 소리로 끝맺는다.1_ 조화롭고, 연면히 이어지고, 온갖 소리가 서로 어우러져야 한 곡의 음악이 완성된다.

하늘은 일 년을 한 곡의 음악으로 삼는다. 음악의 처음 부분은 꽃이 피고 우거지고 곱고 아름다워 온갖 꽃이 참으로 향기롭다. 마지막 부분에 이르면 곱게 물들이고 아름답게 칠하여 울긋불긋 한없이 펼쳐진 화려한 광경이 사람의 눈을 부시게 한다. 그런 다음에 거두어 간직하니, 이는 천지조화의 권능을 드러내고 그 오묘함을 빛내는 것이다.

만약 가을바람이 한 번 불자 곧바로 우수수 나뭇잎이 다 떨어져 하루아침에 앙상하게 되어 버린다면, 그래도 한 곡의 음악이 완성되었다고 할 수 있겠는가. 내가 산속에서 생활한 지 여러 해가 되었는데, 매년 단풍이 들 때면 술을 마련하고 시를 지으며 하루를 즐기곤 한다. 이는 음악의 마지막 연주에 감동을 느껴서다.

올해 가을은 크게 흉년이 들어 즐길 마음이 생기지 않는다. 다만 예전에 하던 대로 다산 주인2_과 함께 백련사3_에 갔다. 두 집안의 아들과 조카들도 따라왔다. 술을 마시고 각자 시 한 편을

---

1_ 처음에는~끝맺는다: 중국 고대의 음악을 연주하는 방식은 처음에 종소리로 시작해서 마지막에 경쇠 소리로 끝난다. 이를 '금성옥진'(金聲玉振)이라고 한다.

2_ 다산 주인(茶山主人): 강진의 귤동(橘洞) 마을에 살던 처사(處士) 윤단(尹博)을 가리킨다. 이 분이 자신의 초당을 다산 선생에게 제공하였다.

3_ 백련사: 강진 만덕산(萬德山)에 있던 절.

4_ 상강(霜降): 24절기 중 열여덟 번째 절기. 대개 음력 9월 중순경이다.

지어 두루마리에 쓴다.

기사년(1809) 상강⁴⁻ 사흘 뒤에 쓰다.

---

사계절의 흐름을 한 곡의 음악에 빗대면, 가을은 마무리에 해당한다. 사계절의 흐름을 한 사람의 인생에 빗대면, 가을은 중노년에 해당한다. 가을이 아름다워야 한 해가 더욱 아름답고, 마무리가 좋아야 음악이 끝난 뒤 감동이 커진다.

단풍이 물든 가을 풍경을 깊이 음미하며, 인생의 가을에 최선을 다짐하는 다산의 마음이 느껴진다. 48세 때의 글이다.

# 근심도 없이 두려움도 없이

세속의 재미에 푹 빠지는 것은 흡사 초파리가 식초에 빠져드는 것과 같고, 불구덩이를 기를 쓰고 좋아하는 것은 마치 불나비가 불꽃 속으로 뛰어드는 것과 같다. 이는 진계유[1]의 「정관편」(靜觀篇)에 나오는 말이다.

바위 틈새에 살고 계곡물을 마시며 사슴과 한 무리가 되어 사는 자야말로 자신의 뜻을 이룬 사람이다. 높은 벼슬아치가 되면 용(龍)이나 봉(鳳)처럼 뛰어난 인물들과 함께 날아오를 줄 알지만 어찌 길을 잃고 헤매는 일이 없으리라고 장담하겠는가?

장자(莊子)가, 장수하는 것과 요절하는 것이 마찬가지며 삶과 죽음이 한가지라고 말한 것은 단순한 우언이 아니다. 소동파(蘇東坡)가 지식을 탓하며 어리석음을 원한 것 역시 사리에 통달한 말이다.

향긋한 채소와 연한 죽순도 때맞춰 배불리 먹으면, 병들어서 고깃국을 먹는 것보다 낫다. 무명옷을 입고 갈건[2]을 쓰더라도 자유롭고 한가하게 살 수 있다면 어찌 높은 벼슬아치가 되어 바쁘게 사는 것을 부러워하랴.

스스로 즐기고 스스로 만족하며, 근심도 없이 두려움도 없이

---

1_ 진계유(陳繼儒): 명나라 말의 문인. 은거하여 한적한 생활을 즐기며 정취 있는 글을 많이 썼다.
2_ 갈건(葛巾): 칡에서 뽑아낸 섬유로 만든 두건. 은자가 쓰는 두건.

전광석화 같은 인생을 잘 보내는 것, 이것을 나는 큰 지혜, 큰 복이라고 말한다.

---

오랜 유배 생활 속에서 다산은 점차 근심도 없고 두려움도 없고, 스스로 만족하고 스스로 즐기는 은자의 풍모를 띠게 된다. 이러한 풍모가 현실 도피의 결과가 아니라, 자신과 현실에 대한 냉철한 응시에서 비롯된 것이라는 점이 값지다.

# 바쁘지만 바쁘지 않은

바람 피하기를 새처럼 하고, 비 피하기를 개미처럼 하며, 더위 피하기를 소처럼 하는 것, 이는 내가 싫어하는 바를 피함이다. 글을 사탕수수처럼 달게 여기고, 거문고를 감람¹처럼 좋아하고, 시를 자리공²처럼 즐기는 것, 이는 내가 좋아하는 바를 따름이다.

달이 밝으면 연못이 맑고, 달이 어두우면 연못도 어둡다. 밝으면 그림자가 비치고, 어두우면 그림자가 사라진다. 자연스런 흐름에 따르며 대상과 다투지 않는다. 물이 밀려오면 고기가 오고, 물이 밀려가면 고기가 간다. 오면 잡고, 가면 뒤쫓지 않아도 또한 자신이 즐거워하는 바를 누릴 수 있다.

젓대를 불고 거문고를 연주하며, 시를 읊고 그림을 그린다. 질탕한 듯 질탕하지 않고, 엄숙한 듯 엄숙하지 않으니 어찌 담박한 생활이 아니겠는가? 꽃을 가꾸고 채소를 심으며, 대나무의 잔가지를 치고 차를 덖는다. 한가하지만 한가하지 않고 바쁘지만

---

1_ 감람: 감람나무의 열매. 감람나무는 열대 지방에 분포한다. 서양에서는 그 열매를 '중국 올리브'라고 하는데 맛이 독특하다.
2_ 자리공: 원문은 '창촉'(昌歜). 백창(白菖)이라고도 한다. 우리말로는 '자리공'이다. 중국이 원산지로 산의 그늘진 곳에 자라며, 무처럼 생긴 뿌리는 이뇨제로 쓰인다.
3_ 독루향(篤耨香): 향의 일종.
4_ 소룡단(小龍團): 둥근 환 모양의 차. 대룡단과 소룡단이 있다.
5_ 오각건(烏角巾): 은자가 쓰는 검은색 두건.
6_ 금사연(金絲烟): 담배의 품명.
7_ 역도원(酈道元): 중국 북위 때의 지리학자, 문장가. 북방을 편력하며 지리 현상을 유심히 관찰하여 『수경주』를 편찬하였다.
• 기존 연구에서는 이 글의 창작 시기를 알 수 없다고 하였다. 그러나 이 글은 승려 혜장의 병풍에 써 준 글이다. 다산과 혜장의 교유 시기는 1805~1811년이다. 따라서 이 글은 사십 대 후반에 쓰인 것이다.

바쁘지 않으니, 어찌 청량한 삶이 아니겠는가?

　밝은 창가의 책상에 앉아 독루향[3]을 피우고 소룡단[4] 차를 마시며 진계유의 『복수전서』(福壽全書)를 즐겨 본다. 눈이 옅게 내린 대숲의 암자에서 오각건[5]을 쓰고 금사연[6]을 머금고 역도원[7]의 『수경신주』(水經新注)를 훑어본다.

---

오면 잡고, 가면 뒤쫓지 않아도 자신이 즐거워하는 바를 누릴 수 있으려면 어떻게 해야 할까? 욕심이 적으면 된다.

한가하지만 한가하지 않고, 바쁘지만 바쁘지 않은 삶을 누리려면 또 어떻게 해야 할까? 매 순간 깨어 있어야 한다.

# 우리 농(農)이가 죽다니

# 내 어린 딸

내 어린 딸은 임자년(1792) 2월 27일에 태어났다.

태어날 때 순하게 나와 제 엄마에게 효도하였으므로 처음에는 '효순'이라고 불렀다. 지나면서 부모가 몹시 사랑하여 일부러 혀짤배기소리로 부르다 보니 '호뚱'이가 되었다. 조금 자라 머리를 감겨 놓으면 검고 부드러운 머리털이 나풀나풀 이마를 가려 마치 게의 앞발에 난 털과 같았다. 그래서 늘 머리를 쓰다듬으며 '게앞발이'라고 불렀다.

성품도 효성스러워 엄마 아빠가 혹 화가 나서 다투기라도 하면, 곧바로 옆에 와서 귀여운 미소로 양쪽의 마음을 풀어 주었다. 엄마 아빠가 혹 때가 지나도록 밥을 먹지 않으면 곧바로 애교스럽게 "진지 드셔요"라고 하였다.

태어난 지 24개월 만에 마마를 앓았는데, 제대로 곰지를 않고 까만 점이 되며 설사를 하더니 하루 만에 숨을 거두었다. 갑인년(1794) 정월 초하룻날 밤 두어 시 무렵이다.

모습이 단정하고 예뻤는데 병이 들자 까맣게 타서 숯처럼 되었다. 그러나 죽기 전에 다시 열이 오를 때에도 잠시 어여쁜 미소를 보여 주며 예쁘게 말했었다.

가련하다! 구장[1]이도 세 살에 죽어서 마재[2]에 묻었는데, 이제 또 너를 여기에 묻다니! 오빠의 무덤 바로 곁에 둔 것은 서로 의지하며 지냈으면 해서란다.

---

1_ 구장(懼牂): 다산이 일찍 여읜 아들 중 하나. 1789년 12월에 태어나 1791년 4월에 마마로 죽었다.

2_ 마재: 다산의 집이 있던 마을. 두현(斗峴)·마현(馬峴) 등으로 표기. 이곳은 소내[苕川]·두릉(斗陵)·능내(陵內) 등으로 불리기도 했다. 현재는 경기도 남양주시 조안면 능내리 마현마을.

효순이는 다산이 31세 때 얻은 딸이다. 어린 딸을 '호똥'이라 부르고, '게알발이'라고 부르며 애지중지하는 젊은 아버지의 모습이 눈에 선하다. 두 돌도 안 된 딸이 부모의 마음을 헤아리고 부모의 끼니를 생각했으니, 얼마나 기특했을까.

죽기 직전에도 미소를 보여 준 어린아이의 모습이 참으로 애잔하고 착하다.

# 우리 농이

농(農)이는 내가 곡산(谷山)에 있을 때 잉태했다. 기미년 (1799) 12월 2일에 태어나, 임술년(1802) 11월 30일에 죽었다. 열 꽃이 피더니 마마가 되고, 마마가 종기로 되었던 것이다. 나는 강진의 유배지에서 글을 지어 농이의 형에게 보내, 무덤에 가서 곡(哭)하고 이 글을 읽게 하였다. 농이를 곡하는 글은 다음과 같다.

네가 이 세상에 왔다가 떠날 때까지가 겨우 3년인데, 나와 헤어져 산 게 2년이나 되는구나. 사람이 60년을 산다면, 40년 동안이나 아버지와 떨어져 산 셈이니, 참으로 슬프구나.

네가 태어났을 때 나는 근심이 깊어 너를 농(農)이라고 이름 지었다. 이미 내가 고향 집에 돌아와 있었기에, 장차 네가 살아갈 길은 농사밖에 없다고 생각했고,¹⁻ 그것이 죽는 것보다는 낫기 때문이었다.

내가 죽는다면 황령²⁻을 넘고 한강을 건너 고향으로 돌아갈 수 있을 것이다. 그러니 나는 사는 것보다 죽는 게 낫다. 사는 것보다 죽는 게 나은데도 나는 살아 있고, 죽는 것보다 사는 게 나은데도 너는 죽었다. 이는 내가 어떻게 할 수 없는 일이로구나.

---

**1_** 네가 태어났을 때~없다고 생각했고: 1799년 7월에 다산은 형조참의를 사직했다. 10월에는 천주교 신봉 혐의로 다시 정적의 공격을 받았다. 이 무렵 다산은 장차 자신의 정치적 입지가 험난하리라는 사실을 깨달았다. 아들 농이가 태어나던 1799년 12월, 다산은 자신의 진로를 깊이 고민하고 있었다. 벼슬길을 포기하고 귀향하겠다는 뜻을 품고 서울과 소내를 오가고 있었다. 그래서 아들에게도 농사를 짓게 하는 수밖에 없다고 생각한 것이다. 1800년 6월 정조가 승하했고, 다산은 그해 겨울 완전히 귀향했다.

**2_** 황령(黃嶺): 전라북도 남원시 산내면 덕동리 지리산 자락의 황령으로 추정된다. '황령치' (黃嶺峙) 혹은 '황나드리'라고도 한다.

내가 옆에 있었다 하더라도 네가 꼭 살지 못했을지도 모른다. 하지만 네 엄마가 편지에 쓰기를, 네가 "아버지가 돌아오시면 열꽃이 사라지고, 아버지가 돌아오시면 마마가 낫는다"라고 했다더구나. 너는 이 아비의 사정을 알 수 없었기에 이런 말을 한 것이다. 하지만 너는 이 아비가 돌아오는 것을 마음의 의지처로 삼은 것인데 그 소원을 이루지 못했으니, 참으로 슬프구나.

신유년(1801) 겨울에 과천의 객점에서 네 엄마가 너를 안고 나를 전송하였다.3_ 네 엄마가 나를 가리키며 "저분이 네 아버지다"라고 하니, 네가 그 말을 따라 나를 가리키며 "저분이 우리 아버지다"라고 했다. 하지만 당시에 너는 실제로는 아버지가 아버지인 줄을 알지 못했을 터이니, 참으로 슬프구나.

이웃 사람이 가는 편에 소라 껍데기 두 개를 보내며 네게 주라고 했다. 네 엄마가 편지에 쓰기를, 네가 강진에서 사람이 올 때마다 소라 껍데기를 찾다가 받지 못하면 풀이 죽곤 했는데, 네가 죽을 무렵에야 소라 껍데기가 도착했다고 하니, 참으로 슬프구나.

네 모습은 깎아 놓은 듯 빼어났다. 코 왼쪽에 조그만 검은 점이 있고, 웃을 때면 양쪽 송곳니가 드러나곤 했다. 아아, 네 얼굴이 생각나 사실대로 네게 말한다. (집에서 온 편지를 보니, 그 생일날에 아이를 묻었다고 한다.)

---

3_ 신유년~전송하였다: 1801년 2월에 장기로 유배되었던 다산은 10월에 서울로 압송되었다. 그리고 11월에 다시 강진으로 유배되었는데, 과천에서 처자와 이별을 했다.

복암[4]이 항상 말하길,[5] "요절한 자녀가 있으면, 그 생년월일·이름·자·모습과 죽은 연월일까지 자세히 써 놓아 나중에도 알 수 있게 해서 그 살았던 흔적이 남도록 해야 한다"고 했는데, 매우 어진 말이다.

내가 경자년(1780) 가을에 예천의 관사에 있을 때,[6] 아이 하나를 채 낳지도 못하고 잃었다. 그리고 신축년(1781) 7월에 아내가 임신 중 학질에 걸려 딸아이를 여덟 달 만에 조산하여 나흘 만에 잃었다. 미처 이름도 못 짓고 와서(瓦署)의 언덕에 묻었다.

그 다음에 무장(武牂)이와 문장(文牂)이를 낳았는데, 다행히 제대로 자랐다. 그 다음이 구장(懼牂)이고, 그 다음이 딸아이 효순인데, 순하게 태어난 걸 효도라 여겨 그렇게 이름 지은 것이다. 구장이와 효순이에게는 모두 광명[7]이 있지만, 실제로 글을 땅에 묻지는 않았고 책에만 기록해 두었다.

그 다음에 딸 하나를 얻었는데, 지금 열 살이 되어 이미 열병을 두 번이나 넘겼으니, 아마도 요절은 면하지 않았나 싶다.

그 다음이 삼동(三童)인데, 곡산에서 마마로 죽었다. 그때 아내는 임신 중이었는데 슬픔 중에 아들을 낳았다. 그러나 열흘이 지나 그 아이도 마마에 걸려 며칠 만에 죽었다. 그 다

---

4_ 복암(茯菴): 이기양(李基讓, 1744~1802)의 호. 신유박해에 연루되어 단천으로 귀양 갔는데, 1802년 그곳에서 죽었다. 다산이 쓴 「복암이기양묘지명」이 있다.

5_ 복암이 항상 말하길: 이 이하의 글은 농아의 광지(壙志: 돌에 새겨 무덤 옆에 묻는 글)에 부기(附記)된 글이다.

6_ 경자년~관사에 있을 때: 1780년 당시 다산의 아버지가 예천현감으로 있었다. 다산은 한동안 그곳에 머물렀다. 그때 다산의 나이 19세였다.

7_ 광명(壙銘): 무덤에 함께 넣는 글.

8_ 마재: 원문은 '두척'(斗尺)으로 되어 있다. '두척'(斗尺)은 '마재'의 이두식 표기다. 두현(斗峴)·마현(馬峴)으로도 표기한다.

음이 농이다. 삼동이는 병진년(1796) 11월에 태어나서 무오년(1798) 9월에 죽었다. 그 다음 아이는 이름이 없었다.

구장이와 효순이는 마재8_의 언덕에 묻었고, 삼동이와 그 다음 아이도 마재의 산기슭에 묻었으니, 농이도 역시 마재의 산기슭에 묻었을 것이다. 모두 6남 3녀를 낳았는데, 살아남은 아이가 2남 1녀이고, 죽은 아이가 4남 2녀이니, 죽은 아이가 살아남은 아이의 두 배다.

아아, 내가 하늘에 죄를 지어 이처럼 잔혹하구나. 어찌하면 좋단 말인가.

---

농이는 다산이 38세 때 얻은 막내아들이다. 아이가 태어날 무렵 아버지는 깊은 고뇌에 빠져 있었고, 아이가 자라는 동안에는 투옥되고 재판을 받고 유배를 떠났으며, 아이가 죽을 때는 그 옆에 있어 주지 못했다. "사는 것보다 죽는 게 나은데도 나는 살아 있고, 죽는 것보다 사는 게 나은데도 너는 죽었다"라는 말에 그 깊은 회한과 참담한 심경이 표현되고 있다. 41세 때의 글이다.

# 자식 잃은 아내 마음 ─ 두 아이[1]에게

우리 농이가 죽다니, 참담하고 참담하구나. 그 인생이 가련하다.

나는 갈수록 노쇠해지는데 이런 일을 당하니, 무엇으로도 내 마음이 진정되지 않는구나. 너희들 아래로 4남 1녀를 잃었다. 그 중 하나는 열흘여 만에 죽어 그 얼굴조차 기억하지 못한다. 그 중 세 아이는 모두 세 살 때 죽었다. 모두 손안의 구슬처럼 애지중지하던 중에 그만 잃어버린 것이다. 그러나 모두 나와 너희 어머니 손에서 죽었고, 죽고 나서는 운명이라 여겼기에 이처럼 폐부를 찌르고 간을 도려내는 듯 아프진 않았다. 내가 이 머나먼 하늘 한 귀퉁이에 떨어져 있어 이별한 지 이미 오래되었는데 죽었으니, 그 죽음이 한층 더 비통하구나.

나는 생사고락(生死苦樂)의 이치를 대략이나마 알고 있는데도 이와 같은데, 하물며 너희 어머니는 품안에 있던 자식을 땅속에 묻어야 했고, 그 아이가 살았을 적에 보여 준 귀엽고 사랑스런 말 하나 행동 하나가 귀에 쟁쟁하고 눈에 삼삼한데다, 이치보다는 정에 더 이끌리는 여자임에랴.

나는 멀리 이곳에 있고, 너희들은 이미 커 버려 밉상이었을

---

1_ 두 아이: 다산의 두 아들, 학연과 학유를 가리킨다. 이 글은 1802년 12월 두 아들에게 보낸 편지다.

것이다. 너희 어머니가 오직 이 아이에게 목숨을 의지해 살았을 터인데, 큰 병을 앓아 수척해진 몸으로 이런 일을 당했으니 하루 이틀 만에 따라 죽지 않은 것만도 기이한 일이다.

내가 너희 어머니 처지에서 생각해 보니, 문득 내가 아비라는 사실도 잊은 채 다만 어머니의 상황이 슬플 따름이다. 너희들은 모쪼록 마음을 다해 효성으로 모셔 어머니가 목숨을 보전할 수 있도록 하여라.

이후로 너희들은 아무쪼록 성심으로 인도하여 두 며늘아기로 하여금 아침저녁으로 부엌에 들어가 맛난 음식을 장만하고, 따뜻한지 추운지 살피며, 잠시도 시어머니 곁을 떠나지 않고 유순한 태도와 즐거운 얼굴빛으로, 갖가지로 기쁘게 해 드리도록 하여라. 시어머니가 혹 냉담한 태도를 취해 바로 흔쾌히 받아 주지 않더라도 더욱 마땅히 정성껏 힘을 다하면서 기뻐하고 사랑해 주기를 기다려야 할 것이다.

시어머니와 며느리가 매우 사이가 좋아 털끝만큼도 속으로 못마땅하게 여기는 일이 없으면 오래 지나 자연히 서로 미덥게 될 것이다. 집안에 화락한 기운이 무르익으면 저절로 천지의 화락한 기운이 거기에 응하여, 개와 닭, 채소나 과일 같은 것들도 제각기 무럭무럭 잘 자라고, 일들도 술술 잘 풀릴 것이다. 그러면 나도 임금님의 은혜를 입어 자연히 집에 돌아갈 수 있을 것이다.

---

참담한 중에서도 자신의 아픔보다 아내의 아픔을 더 걱정하며, 두 아들에게 신신당부하는 그 마음이 절절하다. 41세 때의 글이다.

# 아아, 둘째 형님 — 두 아이에게

6월 6일은 내 둘째 형님이 세상을 떠나신 날이다.

아아, 어질면서도 곤궁하기가 이와 같으실 수도 있을까. 형님의 죽음을 원통하게 울부짖으니 돌이나 나무도 형님을 위해 눈물을 흘리는데, 다시 무슨 말을 하겠느냐? 이 외로운 천지 사이에 단지 우리 손암 선생1_만이 나의 지기(知己)였는데, 이제 잃어버렸다. 지금 이후로는 내가 비록 터득한 게 있다 해도 장차 어디에다 말할 수 있겠느냐?

나를 알아주는 사람이 없다면 차라리 영영 죽는 게 낫다. 아내도 나를 알아주지 못하고, 자식도 나를 알아주지 못하고, 형제와 친지들 모두 나를 알아주지 못하는데, 유일하게 나를 알아주던 분이 세상을 떠났으니 어찌 슬프지 않겠느냐.

경전에 관한 저술 240책을 새로이 장정하여 책상 위에 놓아두었는데, 내가 장차 그것을 불살라 버려야만 하는가. 밤남정에서 헤어진 것2_이 영원한 이별이 되고 말았으니, 절절하고 애통해서 견디기 어렵구나.

그처럼 큰 덕과, 큰 국량, 깊은 학문과 정밀한 지식을 너희들은 모두 알지 못했다. 다만 그 세상일에 오활함만을 보고 예스럽

---

1_ 손암 선생: 손암(巽菴)은 다산의 둘째 형님 정약전의 호이다. 신유박해에 함께 연루되어 처음에는 신지도, 나중에는 흑산도에 유배되었다. 1816년 세상을 떠났다.

2_ 밤남정에서 헤어진 것: 밤남정은 율정(栗亭)이라고도 한다. 전라도 나주읍 북쪽에 있었다. 1801년 11월 5일 감옥을 나온 두 형제는 함께 유배지로 향했는데, 22일 이곳에서 헤어져 각각 강진과 흑산도로 향했다. 이때의 심경이 「율정별」(栗亭別)이라는 시에 잘 표현되어 있다.

고 졸박하다고 지목하며 조금치도 흠모하는 마음이 없었다. 자식과 조카들도 이와 같으니 다른 사람들이야 말해 무엇 하겠느냐. 이것이 애통할 뿐, 다른 것은 가슴 아플 게 없다.

요즘 세상에 상경했던 수령이 다시 그 고을에 오게 되면 백성들이 모두 길을 가로막으며 못 오게 한다는 말은 들었지만, 유배객이 다른 섬으로 거처를 옮기려 하자 원래 있던 섬의 백성들이 길을 가로막고 머무르게 했다3_는 말은 들은 적이 없다. 이처럼 덕이 높은 분이 집안에 있는데도 자식이나 조카들이 알지 못했으니, 어찌 원통하지 않겠느냐.

선대왕4_께서 신하들을 환히 파악하셨는데, 매번 "형이 아우보다 낫다"고 하셨다. 아아, 임금님께서는 우리 형님을 참으로 알아보셨다.

---

3_ 유배객이~머무르게 했다: 손암은 흑산도에 있다가 내흑산 우이보(지금의 우이도)로 거처를 옮기려 했다. 그곳이 강진과 가까워 혹시라도 동생을 만나기에 나을까 해서였다. 그런데 흑산도 사람들이 못 가게 붙잡았다. 그들 몰래 우이보로 향했으나, 사람들이 뒤쫓아와 다시 흑산도로 돌아갈 수밖에 없었다. 1년 후에 겨우 우이보로 갔지만 3년이나 동생을 기다리다가 결국 세상을 떠났다. 자세한 사정은 다산의 「선중씨묘지명」에 기록되어 있다.
4_ 선대왕(先大王): 정조 대왕을 가리킨다.

다산은 둘째 형님을 만 15년 동안 한 번도 만나지 못하고 결국 사별했다. 그나마 형님과의 편지 왕래가 다산에게는 큰 위안이었다. 형님이 세상을 떠나자 다산은 천지간에 오직 홀로 남겨진 것처럼 느낀다. 평소 자신의 감정을 매우 절제하던 다산이 "나를 알아주는 사람이 없다면 차라리 영영 죽는 게 낫다. 아내도 나를 알아주지 못하고, 자식도 나를 알아주지 못한다"며 몸부림치듯 말하는 모습에서 그 슬픔의 깊이가 짐작된다. 55세 때의 글이다.

# 그리운 큰형수님

　내가 어려서 부모님을 따라 연천현에 갔을 때,[1] 아직도 기억나는 일이 있다. 돌아가신 어머니[2]께서 살림하시던 여가에 큰형수님[3]과 저포놀이[4]를 하시며 "3이야!" 부르고 "6이요!" 외치는데, 그 즐거운 모습이 화기애애하였다.

　몇 년 뒤에 어머니가 세상을 떠나셨고, 나는 겨우 아홉 살이었다. 머리에는 이와 서캐가 버글거리고 얼굴에는 때가 가득하여, 형수님이 날마다 애써 빗겨 주고 씻겨 주고 하셨다. 내가 머리를 흔들며 형수님에게서 달아나면, 형수님은 빗과 대야를 들고 쫓아와서 쓰다듬고 달래셨다. 내가 달아나면 붙잡기도 하고 울면 놀리기도 하셨다. 나무라는 소리, 우스갯소리가 뒤섞여 시끌시끌하면, 온 집안사람들이 한바탕 웃으며 모두 나를 밉상이라고 하였다.

　형수님은 성품이 씩씩하고 시원스러워 여장부 같았고, 녹록하고 자잘하지 않으셨다. 그러나 어머니가 돌아가시고 아버지 또한 관직에서 물러나 집에 계셨기에 집안 살림은 더욱 어려워 제수를 마련하거나 손님상을 차리기도 어려웠다. 형수님 혼자서 살림을 꾸리느라 팔찌와 비녀 같은 패물붙이를 다 팔아 버렸고

---

1_ 내가~갔을 때: 1767년, 다산의 아버지가 연천현감으로 부임하였다. 다산의 나이 여섯 살 때였다.

2_ 돌아가신 어머니: 다산의 어머니 해남 윤씨는 다산이 아홉 살 때 세상을 떠났다.

3_ 큰형수님: 다산의 큰형님 정약현(丁若鉉)의 아내다. 초기 천주교 연구자인 이벽(李檗, 1754~1786)의 누이이기도 하다. 1784년 4월 15일 큰형수의 제사를 마치고 서울로 돌아오던 배 안에서 다산의 형제들은 이벽으로부터 처음 천주교의 교리를 전해 들었다.

4_ 저포놀이: 지금은 사라진 옛 놀이. 윷놀이와 유사하지만 좀 더 복잡했다고 한다.

심지어는 솜바지도 없이 겨울을 지내셨는데, 집안식구들조차 알지 못했다. 지금 집안 형편이 좀 나아져 끼니 걱정은 하지 않게 되었는데 형수님이 안 계시니, 슬프도다.

형수님은 경주 이씨다. (……) 경오년(1750) 3월 24일에 태어나 15세 되던 해에 큰형님께 시집오셨다. 경자년(1780)에 아버지를 따라 예천군에 가셨는데,5_ 전염병에 걸려 4월 15일 세상을 떠났다. 충주 하담의 서북쪽 언덕에 장사 지냈는데, 이곳은 우리 조부모님과 부모님의 묘역이다. 그 묘지명은 다음과 같다.

시어머니 섬기기 쉽지 않은데
계모 시어머니6_ 더욱 어렵네.
시아버지 섬기기 쉽지 않은데
홀로 된 시아버지7_ 더욱 어렵네.
시동생 잘 대하기 쉽지 않은데
어머니 없는 시동생 더욱 어렵네.
이런 일들 유감없이 잘 해냈으니
큰형수님 너그러움 알 수 있다네.

---

5_ 경자년에~가셨는데: 1780년, 다산의 아버지는 예천현감으로 부임했다.

6_ 계모 시어머니: 다산의 아버지는 첫 번째 처와 사별하고 두 번째 처를 얻었는데, 그분이 다산의 생모(生母)다. 다산의 큰형님은 첫 번째 결혼에서 낳은 아들이고, 약전·약종·약용 형제는 두 번째 결혼에서 낳은 아들이다. 따라서 다산의 생모는 큰형수에게는 계모 시어머니가 된다.

7_ 홀로 된 시아버지: 다산의 아버지는 1770년 다산의 생모와 사별했다. 그 이듬해 황씨 처녀를 측실(側室)로 삼았는데, 오래잖아 세상을 떠났다. 1773년 김씨 처녀를 측실로 삼았는데, 그 사람이 다산의 서모(庶母) 김씨다. 서모 김씨는 특히 다산과 정이 두터웠다. 큰형수가 세상을 떠나기 전까지 서모 김씨가 있기는 했지만, 정처가 아닌 측실이었으므로 '홀로 된 시아버지'라고 한 것이다.

이 글은 큰형수 묘지명이다. 아홉 살에 어머니를 잃은 다산에게 어머니 역할을 대신 해 준 사람이 큰형수와 서모 김씨였다. 다산은 두 여성의 묘지명을 통해 그들의 헌신과 사랑에 깊은 감사의 마음을 표하였다. 전통 시대 여성들 중에는 어려운 집안 살림을 내색도 하지 않고 도맡아 하느라 스스로의 몸과 마음을 고갈시키고, 마침내는 허약해지고 병들어 일찍 죽음에 이른 사람이 많았다. 그 전형적인 모습을 다산의 큰형수에게서도 볼 수 있다. 살아서는 남성들을 위해 스스로를 소모했고, 죽어서는 남성들의 칭송을 받았다. 삼십 대 때의 글로 추정된다.

# 아내의 치마폭에 쓰는 글

내가 강진에 유배 와 있는데, 몸이 아픈 아내가 낡은 치마 다섯 폭을 부쳐 왔다. 아내가 시집을 때 입은 활옷[1]인데, 다홍색이 빛이 바래 담황색이 되었으니 서첩(書帖)을 만들기에 딱 알맞았다.

드디어 마름질하여 작은 서첩을 만들고 훈계의 말을 직접 써서 두 아이에게 준다. 아마도 훗날 이 글을 보면 감회가 새롭고, 부모의 꽃다운 자취를 어루만지면 가슴이 뭉클하지 않을 수 없을 것이다. 이것을 '하피첩'(霞帔帖)이라고 이름 붙였는데, '하피'란 '다홍치마'를 달리 표현한 말이다.

경오년(1810) 초가을에 다산의 동쪽 암자에서 쓰다.

---

1_ 아내가~활옷: '활옷'은 새색시가 혼례 때 입는 붉은 비단 예복이다. 다산은 15세 때(1776) 풍산 홍씨와 결혼하여 만 60년을 해로하였다. 이 글을 1810년에 썼으므로, 옷은 35년이나 된 셈이다.

다산이 49세 되던 해 어느 날, 아내가 시집올 때 입었던 치마폭이 인편으로 도착했다. 35년의 세월이 흘러 그 외양은 더 이상 치마가 아니라 다섯 폭의 천이 되었고, 다홍 색깔도 옅은 황색으로 변했다. 다산은 그 치마폭을 어루만지며, 35년 전 초례청에 서 있던 젊은 아내의 모습을 떠올렸을 것이다. 풋풋하고 아름답고 수줍은 그 모습에 설레었던 젊은 다산의 마음이 오랜 시간을 건너뛰어 늙은 다산의 마음에 되살아났을 것이다. 지금 다산도 아내도 늙었다. 다산은 10년째 유배 생활 중이고, 아내는 병을 앓으면서 남편 없는 집안 살림을 하느라 몹시 지쳤다. 슬픔·쓸쓸함·덧없음·회한·미안함, 이런 감정들을 모두 감춘 채 다산은 짤막하게 이 글을 썼다.

어머니가 시집올 때 입은 치마폭에 아버지가 글을 써서 아들들에게 물려준다. 훗날 부모를 손에 잡힐 듯 생생하고 아름답게 기억할 수 있도록 자식들을 위해 선물을 마련하는 다정하고 속 깊은 아버지의 마음이 애틋하다. 이로부터 3년 뒤인 52세 때에도 다산은 아내의 낡은 치마폭으로 아들에게는 서첩을 만들어 주고, 시집가는 외동딸에게는 손수 매화와 새를 그린 족자를 만들어 주었다.

밥 파는 노파

# 예술가 장천용

　장천용은 황해도 사람이다. 원래 이름은 '천용'(天用)이었으나, 관찰사 이공(李公) 의준(義駿)이 순찰차 곡산에 왔다가 그와 함께 노닐면서 이름의 '쓸 용(用)' 자를 '게으를 용(慵)' 자로 고쳐 주어 마침내 '천용'(天慵)이 되었다.

　내가 곡산에 부임한 이듬해 연못을 파고 정자를 세웠다. 달 밝은 어느 날 밤에 고요히 앉았는데, 퉁소 소리가 듣고 싶은 생각이 나서 혼잣말하며 탄식하였다. 그때 한 사람이 앞으로 나와 말했다.

　"읍내에 장생(張生)이라는 자가 있사온데 퉁소를 잘 불고 가야금을 잘 타옵니다. 그러나 관청에 오는 걸 좋아하지 않으므로, 지금 급히 이졸(吏卒)을 보내 그 집에 가서 붙들어 오면 들으실 수 있을 것이옵니다."

　나는 대답했다.

　"아니다. 만일 그가 참으로 자기 고집이 있다면, 우리가 붙들어 올 수야 있겠지만 어찌 붙들어다 퉁소를 불도록 만들 수야 있겠는가. 너는 가서 내 뜻을 전하되, 오기 싫어하는 것을 억지로 데리고 오지는 마라."

이윽고 심부름 갔던 사람이 돌아와 아뢰었다.

"장생이 이미 문 앞에 와 있습니다."

그가 들어왔는데, 망건을 쓰지 않은데다가 맨발이었고, 옷은 걸쳤으나 띠도 두르지 않았다. 술에 몹시 취했지만 눈빛은 맑았고, 손에 퉁소를 들고 있었지만 불려고 하지는 않았다. 단지 계속해서 소주를 찾을 뿐이었다. 이에 서너 잔을 주었더니 더욱 취하여 인사불성이 되고 말았다. 좌우에서 부축하여 데리고 나가 밖에다 재웠다.

다음 날 다시 연못가의 정자로 불러 술을 한 잔만 주었다. 이에 천용이 얼굴빛을 가다듬고 말했다.

"퉁소는 잘 불지 못합니다. 제 장기는 그림 그리는 것입니다."

그림 그릴 비단을 가져오게 하여 주었더니, 산수·신선·달마·기이한 새·오래된 등나무·고목 수십 폭을 그렸다. 수묵이 난만하여 인위적인 흔적이 없었으며, 한결같이 예스럽고 굳세고 귀괴(鬼怪)하고 기이하여 사람의 상상을 초월했다. 사물의 묘사는 지극히 섬세하고 교묘하여 그 정수를 드러내니, 사람들이 깜짝 놀라 경탄하지 않을 수 없었다. 그림을 다 그린 후 붓을 던지고 술을 찾더니 또 크게 취하여 사람들의 부축을 받으며 나갔다. 이튿날 다시 불렀더니, 어깨에는 가야금을 메고 허리에는 퉁소를 차고 벌써 금강산으로 떠났다고 했다.

---

1_ 상장(喪杖): 상주(喪主)가 짚는 지팡이.
2_ 가람(岢嵐): 황해도 곡산에 있던 산 이름. 하람산(廈嵐山), 혹은 하남산(河南山)이라고도 한다.

이듬해 봄에 중국 사신이 오게 되어, 예전에 천용에게 덕을 베풀었던 사람이 평산(平山) 고을의 관아를 수리하게 되었다. 그 사람이 천용에게 단청을 그려 달라고 했는데, 함께 일하는 사람 중에 상복(喪服) 입은 자가 있었다. 천용은 그 사람의 상장(喪杖)[1]이 특이한 소리를 내는 기이한 대나무인 것을 보고, 밤에 그걸 훔쳐서 구멍을 뚫어 퉁소를 만들었다. 그러고는 태백산성 속의 산 정상에 올라가 밤새도록 퉁소를 불다가 돌아왔다. 함께 일하던 사람이 화를 내며 심하게 야단치자 천용은 마침내 떠나 버렸다.

몇 달 뒤에 나는 곡산부사를 그만두고 돌아왔다. 몇 달이 지나 천용이 특별히 가람[2]의 산수를 그려서 보내왔다. 그리고 금년에 영동 지방으로 이사 갈 것이라는 말도 함께 전했다.

천용의 아내는 외모가 매우 못생긴데다 일찍부터 중풍을 앓아, 길쌈도 못하고 바느질도 못하고 부엌일도 못하고 자식도 못 낳았다. 성품 또한 좋지 않아 항상 누워 있으면서 천용에게 싫은 소리를 해댔지만, 천용은 조금도 변함없이 돌보아 주었으므로 이웃 사람들이 모두 기이하게 여겼다.

---

재능은 있지만 불우한 삶을 살아야 했던 민중 예술가 장천용에 대한 다산의 따뜻한 관심이 잘 느껴진다. 높은 산 정상에서 밤새도록 퉁소를 부는 그 모습이 매우 인상적이다. 38세 때의 글이다.

# 백성 이계심

곡산 고을 백성 중에 이계심(李啓心)이라는 사람이 있었는데, 백성들이 겪는 고충에 대해 말하기를 좋아하였다.

내가 곡산에 부임하기 전에 전임(前任) 부사가, 포수(砲手)가 군역(軍役)을 지지 않는 대가로 내던 면포 한 필을 엽전 9백 푼[1]으로 납부케 하였다. 이계심이 백성 천여 명을 이끌고 관청으로 몰려가 항의하였다. 관청에서 그를 붙잡아 벌주려고 하자 백성들이 마치 벌떼가 여왕벌을 옹위하듯 이계심을 에워싸고 계단을 오르는데, 그 외치는 소리가 하늘을 진동시켰다.

아전과 관노들이 몽둥이를 휘두르며 백성들을 쫓아냈고, 이계심은 도망쳐 버렸다. 군영(軍營)에서 그를 붙잡아 조사하려 했으나 잡지 못했다.

내가 부임하기 위해 곡산 땅에 이르니, 이계심이 백성들이 겪는 고충 10여 항목을 기록한 글을 바치고 길가에 엎드려 자수하였다. 좌우의 사람들이 그를 체포하자고 했지만 나는 이렇게 말했다.

"그러지 마라. 이미 자수했으니 스스로 도망치지는 않을 것이다."

---

1_ 9백 푼: 10푼이 1전, 10전이 1냥이므로 9백 푼은 9냥이다. 1744년(영조 20)에 간행된 『속대전』(續大典)에 의하면 면포 1필의 가격은 2냥 정도이다. 『속대전』 간행 당시로부터 50여 년이 지났지만, 이 가격을 기준으로 계산해 보면 곡산 백성들은 이전보다 4,5배 가량 더 많은 세금을 납부하게 된 셈이다. 기존의 연구나 번역에서 이를 900냥, 혹은 900전이라고 한 것은 잘못이다. 참고로 18세기 서울에서 쌀 1섬의 평균적인 시세가 5냥을 벗어나지 않았고, 농촌 지역은 그보다 쌌다.

그러고는 그를 풀어 주며 말했다.

"관리가 잘못된 일을 하는 까닭은 백성들이 일신의 안전만을 도모하여, 폐단을 들어 관리에게 바른말을 하지 않기 때문이다. 너 같은 사람은 관리가 천금을 주면서라도 그 말을 들으려고 해야 할 것이다."

이에 서울의 군영에 상납하는 포목을 백성들에게 받을 때는 내가 지켜보는 데서 직접 자로 재어 받았다.

---

다산의 나이 36세 때의 일이다. 다산은 61세 때 쓴 「자찬묘지명」(自撰墓誌銘)에 이 일을 기록하였다. 오랜 세월이 지났지만 다산의 기억 속에 이계심이란 백성이 또렷이 각인되어 있었던 것이다.

'저항하는 백성이 있어야 정치가 바르게 된다'는 생각을 몸소 실천으로 보여 주는 다산의 모습이 인상적이다.

# 인술을 펼친 몽수

이헌길(李獻吉)의 자는 몽수(蒙叟)인데 왕족의 후예다.
(……) 몽수는 어려서부터 총명하고 기억력이 뛰어났으며, 장천
이철환(長川 李嵒煥) 선생에게 배우면서 숱한 책을 두루 읽었다.
『두진방』1_을 보고 나서 홀로 깊이 연구했으나 다른 사람들에게
알려지는 않았다.

을미년(1775) 봄에 일이 있어 서울에 갔는데, 때마침 홍역이
크게 유행하여 요절하는 백성이 많았다. 몽수는 병을 고쳐 주고
싶은 마음이 있었지만, 상복을 입고 있었으므로 그렇게 할 수가
없어 묵묵히 돌아가고 있는 중이었다. 막 교외로 나오다가 관을
어깨에 메거나 시신을 싼 거적을 등에 지고 가는 자가 잠깐 사이
에 수백 명이나 되는 것을 보았다. 몽수는 가슴 아파하며 스스로
말했다.

"내게는 병을 고칠 수 있는 의술이 있다. 그런데도 예법에
구애되어 그냥 가는 것은 어질지 못한 일이다."

마침내 도로 인척(姻戚)의 집으로 가서 자신의 비법을 펼쳤다.

몽수의 처방을 받은 자는 위태위태하던 사람이 편안해지고,
기가 거꾸로 치솟던 사람이 순조로워졌다. 열흘 사이에 명성을

---

1_ 『두진방』(痘疹方): 마마 치료법에 관한 중국 책. 진문중(陳文中)의 『소아두진방』(小兒痘
疹方)을 비롯하여, 오동원(吳東園), 정신봉(程晨峰), 만방부(萬邦孚) 등이 저술한 『두진
방』이라는 이름의 책이 있다.

크게 떨치니, 울부짖으며 애원하는 사람들이 매일같이 대문과 골목을 가득 메웠다. 신분이 높은 사람은 겨우 몽수의 방에 들어갈 수 있었지만, 천한 사람들은 운이 좋아 섬돌 아래까지는 가더라도 하루 종일 기다린 뒤에야 비로소 몽수의 얼굴을 볼 수 있었다. 그러나 몽수는 홍역에 대해 통달했으므로 말 몇 마디만 듣고도 환자들의 증상을 다 헤아려서 바로 처방 하나를 주어 돌아가게 했는데, 즉시 효험을 보지 않은 사람이 없었다.

몽수가 때로 문을 나와 다른 집으로 가면, 수많은 남녀가 앞뒤로 빽빽이 둘러싸서 마치 벌떼처럼 무리 지어 갔다. 이르는 곳마다 누런 먼지가 하늘을 가려 사람들은 모두 멀리서 바라만 보아도 몽수가 오는 줄 알았다.

하루는 못된 자들이 계획적으로 몽수를 데려가 한 외진 곳에 가두고 문을 잠가 버렸다. 몽수가 없어지자 온 도성 안이 그를 찾느라 시끄러웠다. 어떤 사람이 그의 소재를 알려 주자 수많은 사람이 몰려가 문을 부수고 몽수를 구출했다.

어떤 거칠고 사나운 사람이 기세등등하게 면전에서 심한 욕을 하며 몽수를 때리려고 한 적이 있었다. 몽수는 다른 사람의 도움으로 벗어날 수 있었다. 그런데도 몽수는 따뜻한 말로 몸을 굽혀 사과하고 금방 처방을 내려 주었다.

몽수 혼자서 수많은 환자를 감당하지 못하게 되자, 여러 가지 치료법을 입으로 불러 주어 사람들이 살펴 행할 수 있게 하였다. 이에 궁벽한 시골 선비들까지 앞을 다투어 치료법을 베껴 써서 경전처럼 신봉하였고, 비록 의술에 어두운 사람이라도 몽수의 말대로만 하면 역시 효험이 있었다.

몽수에 관해 세상에 전하는 이야기가 있다. 어떤 부인이 병든 남편을 고쳐 달라고 부탁하자, 몽수가 말했다.

"당신 남편의 병은 매우 위독하오. 다만 한 가지 약이 있긴 하지만, 당신은 쓸 수 없을 것이오."

그 부인이 거듭 부탁했지만 몽수는 끝내 말해 주지 않았다.

남편을 살릴 수 없음을 알고, 그 부인은 독약[2]을 사 가지고 집으로 돌아갔다. 그걸 술에 타서 선반 위에 올려 두었는데, 장차 남편이 죽으면 따라 죽으려고 생각해서였다. 그 부인이 잠깐 문밖에 나가 울다가 들어와 보니 술잔이 이미 비어 있었다. 남편에게 물어보니, 목이 말라 그걸 마셨다고 했다.

그 부인이 몽수에게 달려가서 구해 달라고 하자, 몽수는 말했다.

"이상하구려. 내가 전에 말한 한 가지 약이 바로 그 독약이오. 당신이 독약을 쓸 수 없을 것이라 여겨 말해 주지 않았던 것이오. 이제 당신 남편은 살아났으니, 이건 하늘의 뜻이오."

---

2_ 독약: 다음과 같은 원주가 달려 있다. "독약은 비상이었다."

부인이 돌아가서 보니 남편의 병은 나아 있었다.

몽수는 성품이 너그럽고 솔직하였다. 12년이 지나면 반드시 홍역이 다시 유행할 것이라고 말한 적이 있는데, 과연 그 말대로 되었다. 몽수는 마마와 관련해서도 기이하게 적중한 일이 많았다.

외사씨[3]는 말한다.

내가 몽수의 사람됨을 보니 야위고 광대뼈가 나온 코주부였으며, 담론을 즐기며 항상 웃었다. 이전 시대 인물 중에 특히 백호 윤휴[4]를 사모하여 "백호는 덕이 높은 정암[5]이고, 정암은 덕이 부족한 백호다"[6]라고 말한 적이 있다. 이런 논의는 예전부터 있어 온 것이지만, 나는 꼭 그렇게는 생각지 않는다.

3_ 외사씨(外史氏): 공식적인 사관(史官)은 아니지만, 사적(私的)으로 역사를 기록하는 사람을 일컫는 말. 글쓴이 자신을 가리킨다. 다산은 몽수라는 인물을 역사 기록으로 남긴다는 생각에서 이 글을 썼기에 자신을 '외사씨'라고 지칭하였다.

4_ 백호 윤휴(白湖 尹鑴): 1617~1680. 남인 학자로서 송시열과 논쟁을 벌였다. 사문난적으로 몰려 사사(賜死)되었다.

5_ 정암(靜菴): 조광조(趙光祖, 1482~1519)의 호. 조선 중기 사림파의 영수. 도학에 입각한 개혁 정치를 시도했으나 유배지에서 사사되었다.

6_ 백호는~백호다: 백호가 정암에 비해 덕이 높다는 이야기로, 몽수가 남인 학자인 백호를 몹시 존경해서 한 말이다.

다른 사람의 고통에 깊은 연민을 느끼며, 환자들에게 너그럽고 따뜻하고 겸손했던 몽수에게서 시대를 초월한 참 의사의 모습을 볼 수 있다.

다산은 『마과회통』(痲科會通)의 서문에서도 몽수에 대해 언급하고 있다. 몽수는 홍역에 대해 홀로 연구하여 수많은 어린아이를 살렸다. 다산 자신도 그중 한 사람이었다. 다산은 몽수로 말미암아 자신이 살아났기 때문에 마음속으로 그 은혜를 갚고 싶었으나 별다른 방법이 없었다. 그래서 몽수의 책을 가져다 연구하고, 홍역에 관한 중국 서적들을 두루 참고하여 그 치료법을 집대성함으로써 『마과회통』을 저술하기에 이르렀다. 다산은 책을 완성하고 나서 "아아, 몽수가 아직까지 살아 있다면 아마 마음에 딱 들어 할 것이다"라고 하여 몽수에 대한 각별한 흠모를 표하였다. 질병으로 인한 백성의 고통에 민감했던 다산은 종두법을 연구하여 「종두설」을 쓰기도 했고, 장기에 유배 가 있을 때는 그곳 사람들을 위해 『촌병혹치』(村病或治)라는 치료 지침서를 쓰기도 했다.

# 효자 정관일

효자 정관일(鄭寬一)이란 이는 강진현 사람이다. 태어나면서부터 성품이 매우 착하고 그 부모를 몹시 사랑하였다.

여섯 살 때에 아버지가 농사일을 돌보러 밭에 나갔는데, 밤이 되어 추워지자 효자가 어머니에게 말했다.

"밭에 움막이 있습니까?"

어머니가 없다고 하자, 효자는 벌떡 일어나 밖으로 나가려고 했다. 어머니가 말했다.

"저문 밤에 어린아이가 어딜 가느냐?"

효자가 말했다.

"아버지가 추운 들판에 계시는데, 저는 따뜻한 방에 있으니 마음이 편하겠습니까?"

어머니가 굳이 말리니 효자는 창문 아래에 오도카니 앉아 있다가 아버지가 돌아온 뒤에야 편히 쉬었다.

몇 년 뒤에 아버지가 멀리 장사를 나갔다. 집에 편지를 보내 "편안히 잘 있다"고 했는데, 효자는 편지를 품에 안고 울었다. 어머니가 괴이하게 여겨 까닭을 물으니 효자가 말했다.

"아버지께서 아마도 병이 드셨나 봅니다. 글자 획이 떨리지 않았습니까?"

아버지가 돌아온 뒤에 물어보니 병이 심했었다고 했다.

또 그 아버지가 설사병이 나서 거의 죽게 된 적이 있었다. 아버지가 차를 좀 마셨으면 하고 생각했는데, 홀연 어떤 사람이 차 있는 곳을 가르쳐 주어 병이 나았다. 이날 효자는 자신의 아버지가 설사를 앓으며 차를 찾는 꿈을 꾸었다. 깨어나 울면서 꿈 이야기를 했는데, 아버지가 귀가한 뒤 물어보니 딱 들어맞았다.

그 아버지가 먼 지방에 갔다가 올 때면 아무리 밤늦게 와도 항상 밥이 반드시 준비되어 있었다. 아버지가 이상하게 생각하니 어머니가 말했다.

"아이가, 오늘 저녁에 아버지가 돌아오실 거라고 해서 나는 그 말대로 했을 뿐입니다."

열두 살 때에 아버지가 병이 들었는데, 효자가 이슬을 맞아가며 하늘에 기도하여 병이 나았다. 이런 일들은 그가 어릴 때에 실제로 행한 것의 백분의 일에 불과하다.

장성해서는 학문에 힘써 경전과 역사를 섭렵하고, 널리 병법·의술에서부터 음양오행에 이르기까지 두루 공부하지 않은 것이 없었다. 그러나 집이 가난하여 약을 팔아서 부모를 봉양하였다.

그가 죽을 무렵이었다. 가벼운 병이라 집안식구들이 걱정하지 않았는데, 며칠 후 효자가 아버지를 불러 곁에 앉게 하였다. 아버지가 세 번 불러도 세 번 대답만 하고 말을 하지 않더니 한참 지난 후에 말했다.

"살고 죽는 것은 밤과 낮이 바뀌는 것과 같으니, 군자는 슬퍼하지 않는 법입니다. 저는 올해 이런 일이 있을 줄 알았지만, 어느 달 어느 날이 될지는 몰랐습니다. 지금 이미 맥이 어지러우니 약으로 고칠 수 없습니다. 제게 두 아이가 있으니, 바라건대 손자들을 보며 마음을 위로하십시오."

사흘 후에 죽었는데, 나이 겨우 서른 살이었다. 한 달을 넘긴 뒤 절도영(節度營) 동쪽 7리에 있는 시루봉 아래 서쪽 언덕에 장사 지냈다. 이곳은 효자가 예전에 스스로 정해 두고 손수 소나무와 떡갈나무를 심어 부모의 묏자리로 삼으려던 곳이었다.

아버지의 이름은 시섭(始攝)인데, 관을 땅에 묻을 때 곡을 하며 말했다.

"네가 한 번 죽어서 나는 셋을 잃었다. 아들을 잃고, 친구를 잃고, 스승을 잃었다."

외사씨는 말한다.

부자(父子)는 천륜이다. 그런데 세상에는 가슴을 치고 피를 토하며 아들을 살려 달라고 하늘에 호소하는 아비가 있는가 하면, 혹은 지위가 높고 재물이 많아 다른 이에게 자기 아들을 미

165

화하는 글을 써 달라고 부탁하여 '꿩이 부엌에서 울고 잉어가 얼음에서 튀어나왔다'[1] 는 식으로 아들의 덕행을 거창하게 수식하는 글을 받는 아비도 있는데, 모두 믿을 수 있겠는가? 비록 아들이 손가락을 자르고 허벅지 살을 베어 부모에게 드렸다는 이유로 많은 표창을 받는다 해도, 역시 증자나 민자건과 같은 효도[2] 는 아닌 것이다.

정 효자 같은 이는 죽어서 그 아버지로 하여금 그의 효에 대해 기록하게 하였고, 그 아버지는 사대부들에게 그 기록을 보여주며 아들의 전(傳)을 좀 써 달라고 청했는데, 아들을 어린아이처럼 사랑하는 빛이 정말 얼굴에 가득하였으니, 이는 부끄러울게 없는 일이다. 아들은 정말 효자이며, 그 아버지 또한 인자한 아버지라 할 만하다. 효자가 죽은 지 6년이 지난 신미년(1811) 가을에 다산초자(茶山樵子)가 쓴다.

---

1_ 꿩이~튀어나왔다: 위독한 부모가 꿩고기나 잉어를 먹고 싶어 하자 효자를 위해 꿩이 부엌에 나타나거나, 겨울철임에도 잉어가 강의 얼음을 뚫고 튀어나왔다는 말.

2_ 증자나 민자건과 같은 효도: 증자(曾子)와 민자건(閔子騫)은 모두 공자의 제자로, 효행(孝行)으로 이름난 인물들이다.

효성은 자칫 의무나 가식 혹은 위선이 될 수도 있다. 더구나 조선 후기에는 효행을 과장하여 표창을 받거나 가문의 명예로 삼으려 한 경우도 허다했다고 한다. 다산은 정효자의 그야말로 순수한 효심에 감동을 느껴 이 글을 쓴 것으로 보인다.

아버지를 진심으로 사랑하고 걱정하는 정 효자의 착하고 깨끗한 마음이 감동적이다. 아버지가 자신을 아들이요, 친구요, 스승이라고 여기게끔 처신했으니, 정 효자는 참으로 훌륭한 자식이었다. 50세 때의 글이다.

# 화악 선사(華嶽禪師)

승려 혜장1이 보은산방2에 있는 나에게 들러, 그 스승의 스승인 화악(華嶽)의 일에 대해 이야기하고, 묘비명을 써 달라고 나에게 부탁하였다. 나는 그가 호방하고 빼어났지만 불우했던 것이 슬퍼서 허락하였다. 혜장의 말에 의하면 다음과 같다.

화악 선사는 해남 화산방(花山坊) 사람이다. 어려서 출가하여 대둔사3에서 머리를 깎았다. 어리석어 글자를 몰라, 가래나 괭이 같은 농기구를 팔고 다니며 배를 채웠으므로, 비록 천한 일을 하는 사람들조차도 그를 하찮게 여겼다.

하루는 매우 피곤하여 상원루(上院樓) 아래 이르러 짐을 벗어 놓고 쉬고 있었다. 그때 삼우 선사(三愚禪師)가 대중을 모아 놓고 『화엄경』의 뜻을 강론하고 있었다. 화악은 누각 밑으로 가 몰래 강론을 듣다가 그 자리에서 깨달아 자신이 갖고 다니던 농기구를 모두 동료에게 주고 귀의하였다. 누각 위로 올라가 꿇어 앉고 눈물을 뚝뚝 흘리며 가르침을 청하니, 이날 자리에 있던 모든 사람이 놀랐다.

마침 대둔사에 토목 공사가 있었다. 화악은 낮에는 도끼질·

---

1_ 혜장(惠藏): 1772~1811. 승려. 호는 아암(兒菴). 다산과 깊이 교유했으며, 다산이 쓴 「아암장공탑명」이 있다. 그의 탑명이 새겨진 비가 지금도 해남 대흥사에 있다.
2_ 보은산방(寶恩山房): 보은산에 있던 고성사를 가리킨다. 고성사는 해남 대흥사의 말사다. 혜장의 배려로 다산은 4년간의 강진 읍내 주막집 생활을 마감하고 1805년 고성사에 머물렀다.
3_ 대둔사: 전라남도 해남군 두륜산에 있는 절. 지금의 대흥사.

흙일 등을 도와주고, 저녁에는 돌아와 솔방울을 주워 아궁이에 불을 넣으며 밤새워 불경을 읽었다. 3년이 지나니 함께 공부하던 이들이 모두 화악보다 뒤처지게 되었다.

사방을 구름처럼 돌아다니며 스승을 찾아가 깨달음을 인가 받았으며, 마침내 삼우 선사의 방에서 설법을 시작하였다. 이때 사미승들이 몰려들어 대둔사의 법회에서 배우는 자가 천여 명이 나 되었다.

그때 북방의 월저 선사(月渚禪師)가 소문을 듣고 와서 화악 선사를 뵙고 함께 선(禪)의 깊은 뜻을 논하였다. 화악 선사는 자신이 이끌던 대중을 모두 월저 선사에게 넘겨주었다. 배우던 사람들이 깜짝 놀라 소란을 피우자, 화악 선사가 타일렀다.

"너희들이 알 수 있는 일이 아니다."

그러고는 사람들을 이끌어 월저 선사에게 인도하였다. 그리고 스스로 방 하나를 치우고 두문불출하며 참선하였다. 월저 선사는 돌아가서 "내가 남쪽 지방에 가서 살아 있는 보살을 만났다"라고 말했다.

만년에는 술을 마구 마셔, 밤마다 만취하여 큰 절굿공이를 들고 몇 십 번 몇 백 번씩 절 주위를 돌았다. 그 절굿공이로 계단 양쪽에 박아 놓은 돌과 뜰의 댓돌을 쿵쿵 찧었는데, 그 소리가 크고 시끄러워서 산골짝을 진동시켰다. 배우는 자들은 감히 밖으로 나오지 못하고 숨만 죽이고 있었다. 아침이 되어 그 까닭을 물어보면 웃으며 대답하지 않았다.

입적할 때 두류산에 천둥이 울렸으며, 다비 후에 사리 두 알을 얻었다.

화악 선사의 성은 김씨이고, 법명은 문신(文信)인데, 강희[4] 연간의 사람이다. 그 법맥은 위로는 서산 대사의 네 분 수제자 중 한 사람에게 소급되고,[5] 아래로는 승려 혜장이 모신 네 분 스승 가운데 한 사람으로 이어진다.[6] 화악 선사는 그 사이에 있다. 묘지명은 다음과 같다.

가래 호미 사라고
외치며 다니다가
짐일랑 벗어 두고
눈물 줄줄 흘렸네.
배곯아도 밥을 못 얻어
쉰밥 더운밥 가리지 않았지.
어둔 밤에 무지개 솟아올라
하늘 높이 둥그렇게 걸렸네.
마구간조차 고요한 밤에
취해서 절굿공이 쿵쿵 울렸지.

---

4_ 강희(康熙): 중국 청나라 성조(聖祖)의 연호. 1662년에서 1722년까지 사용되었다.
5_ 위로는~소급되고: 서산 대사의 수제자 중 한 사람인 태능(太能)이 화악의 스승이다.
6_ 아래로는~이어진다: 혜장이 모신 스승은 천묵(天默)·유일(有一)·정일(鼎馹)·즉원(卽圓)이다. 즉원의 스승이 화악이다.

그대를 제대로 알지 못하여
모두들 귀머거리 같았네.
골짝의 바람 소리에는 놀랄지언정
그대 보고는 놀라지 않았지.
하지만 백 년 세월 흘러간 뒤에
그대 자취 훤히 드러나리라.

---

가장 무식하고 가장 천대받던 한 사람이 어느 날 문득 진리를 향해 마음이 활짝 열린다. 궂은일을 마다 않으며 불철주야 공부한다. 높은 경지에 이르러 대중의 존경을 받지만 자신의 모자람을 깨닫는 즉시 물러나 두문불출 다시 정진한다. 화악 선사의 일화는 진리를 향한 마음 열림과 열정, 자신의 한계를 즉각 인정하는 솔직함을 인상적으로 보여 주고 있다. 그러나 만년의 기이한 행동은 왈가왈부하기 어렵다. 44세 때의 글이다.

# 기이한 승려

내가 부여에서 돌아온 지 며칠 뒤에 진사(進士) 신종수(申宗洙)가 나에게 들러 오서산¹의 절경을 이야기하고 말했다.

"지금 단풍이 매우 아름다운데, 하루 이틀 지나면 사라질 것이오."

나는 밥을 먹고 있다가 어서 말에 안장을 얹게 하고, 밥상을 물린 후 신공과 함께 출발하였다.

오서산 아래에 이르러 모두 말에서 내렸다. 지팡이를 짚고 험한 산길을 지나 우거진 수풀을 헤치며 산 높은 곳에 이르렀다. 작은 절이 있는데, 단지 한 사람의 승려만이 그곳을 지키고 있었다. 까닭을 물었더니, 그가 말했다.

"작년에 호랑이가 승려를 해치자, 모두 떠나가 버렸습니다."

내가 물었다.

"당신은 호랑이가 무섭지 않소?"

그가 대답했다.

"전에 호랑이가 새끼 세 마리를 데리고 와서, 새끼들에게 나무를 휘어잡게 하고는 장난을 치고 있었습니다. 제가 새끼들을 칭찬해 주니 호랑이가 기뻐하고 떠난 적이 있습니다. 그래서 무

---

1_ 오서산(烏棲山): 충청남도 보령 인근에 있는 산. 해발 790미터. '까마귀 보금자리'라 해서 '오서산'이란 이름이 붙었다고 한다. 정상에 올라가면 서해 바다가 훤히 다 보여 '서해의 등대'라고도 한다.

2_ 태백산의 오랑캐 승려: 여기서 '태백산'은 중국의 섬서성에 있는 산 이름이다. 흔히 종남산(終南山)이라고도 한다. 당나라 때, 이 산 정상에 수백 살 먹은 인도 출신의 고승이 살았다. 그는 두 호랑이의 싸움을 말리고 악독한 용을 잡아 가두었다고 한다.

섭지 않습니다."

이날은 해 지는 것을 보았다. 다음 날 아침 산 정상에 오르려 하자, 신공은 호랑이가 무섭다며 가지 않으려 했다. 승려가 말했다.

"저와 함께 가시면 아무 일이 없을 것입니다."

드디어 함께 정상에 올라 사방을 둘러보니 툭 트여 막힘이 없었다. 다시 절에 와서 잠시 쉬고 하산하려 하니, 승려가 말했다.

"저와 함께 가셔야만 됩니다. 어제는 우연히 호랑이와 마주치지 않은 것입니다."

산기슭에 이르자 소나무 숲 속에서 무언가 부스럭거리는 소리가 났다. 승려는 껄껄 웃으며 부드럽게 말했다.

"너는 가거라. 나도 이제 따라가마."

신공은 호랑이의 꼬리를 보았다고 하는데, 나는 보지 못했다.

돌아와 생각하니 이인(異人)을 만난 듯하였다.

그 승려는 홀로 높은 산 깊은 골짜기에 살면서 거처를 옮기지 않고, 갑자기 맹수를 만나도 두려워하지 않을 뿐 아니라 도리어 그를 타일러 보냈으니, 도술(道術)을 가진 자가 아니라면 그렇게 할 수 있겠는가. 태백산의 오랑캐 승려²처럼 종적을 감추고 자신을 숨기면서 이곳에 사는 사람이 아닌 줄 어찌 알겠는가. 모두 알 수 없는 일이기에 기록한다.

---

1795년 다산이 금정찰방으로 있을 때, 오서산을 구경하고 쓴 글이다. 지금 오서산을 보면 그리 높지 않게 느껴진다. 그런데 다산 당시에는 호랑이가 살 정도로 숲이 우거지고 산이 깊었다니 격세지감을 느낀다. 이 땅에 호랑이만 사라진 건 아닐 터이다. 깊은 산은 깊은 정신의 거처이기도 하다. 34세 때의 글이다.

# 밥 파는 노파

어느 날 저녁, 주인 노파[1]와 한담을 나누었다. 노파가 갑자기 물었다.

"영감님께서는 글을 읽으셨으니, 이 일이 이치에 맞는 건지요?

부모의 은혜는 같지만, 어머니의 노고가 더욱 많지 않습니까. 그런데 옛 성인이 교화를 펴면서 아버지는 중요하게 여기고 어머니는 가볍게 여겼습니다. 아버지의 성을 따르게 하였고, 부모가 세상을 떠나면 입는 상복(喪服)도 아버지보다 어머니의 격을 낮추었습니다. 아버지의 친족은 일가가 되게 하였고, 어머니의 친족은 도외시하였습니다. 이건 너무 치우친 게 아닌가요?"

내가 대답했다.

"아버지가 나를 낳으셨기 때문에[2] 옛날 책에도 '아버지는 처음 나를 생겨나게 한 사람'이라고 하였소. 어머니의 은혜가 비록 크지만, 아버지의 은혜는 하늘이 만물을 처음 있게 한 것과 같으니 그 은혜가 더욱 큰 게지요."

노파가 말했다.

"영감님 말씀은 아닌 것 같습니다. 제가 생각해 보니, 풀과

---

1_ 주인 노파: 1801년 강진에 도착한 다산은 4년 동안 읍내의 주막집에 방을 빌려 세들어 살았다. 주인 노파는 그 주막집 노파를 가리키는 것이다.

2_ 아버지가 나를 낳으셨기 때문에: 유교의 가르침에 의하면 아버지가 나를 낳은 사람이고, 어머니는 나를 기른 사람이다. 유교는 부계 혈통을 절대시하는 입장을 취했기 때문에 이렇게 말한 것이다.

나무에 비유하자면 아버지는 씨앗이요, 어머니는 땅입니다. 씨앗을 땅에 뿌리는 일은 지극히 미미한 일이지만, 땅이 씨앗을 길러 내는 공덕은 매우 큰 것입니다. 밤톨은 밤나무가 되고 볍씨는 벼가 되니, 온전한 모습이 이루어지는 것은 모두 땅의 기운 때문입니다. 그렇지만 유(類)가 나누어지는 것은 모두 씨앗에 따라 나누어지는 것이니, 성인이 교화를 펴고 예(禮)를 제정한 것은 생각건대 이 때문인 것 같습니다."

나는 노파의 말을 듣고 나도 모르게 크게 깨달았고, 삼가 존경하는 마음이 일어났다. 밥 파는 노파가 천지간의 지극히 정밀하고 지극히 미묘한 뜻을 말할 줄이야 누가 알았겠는가? 매우 기이하고도 기이하도다.

---

어머니의 노고가 더 큰데도 왜 유교에서는 아버지를 더 중시하는가?
밥 파는 노파의 단순 명쾌한 질문에 당대의 석학 다산이 제대로 대답을 하지 못하는 모습이 재미있다. 오늘날 생물학의 관점에서 본다면, 다산은 물론이거니와 밥 파는 노파도 유교의 남성 중심적인 사유 틀을 벗어나지는 못했다. 하지만 자신의 실감(實感)을 근거로 유교적 관념에 의문을 제기하는 노파의 모습이 신선하다. 그리고 한낱 시골 주막집 노파의 말에 진심으로 존경을 표하는 다산의 모습이 진지하고 겸손하다. 이 글은 둘째 형님에게 보낸 편지 중의 한 대목을 발췌한 것이다. 사십 대 전반의 글이다.

멀리 있는 아이에게

# 첫 유배지에서

몹시 기다리던 참에 편지를 받으니, 마음에 무척 위로가 된다. 무(武)[1]는 아직도 병이 다 낫지 않았으며, 어린 딸은 점점 쇠약해진다 하니 마음이 괴롭고 염려가 된다. 나는 약을 먹은 후로 좀 나아졌다. 마음이 불안한 증상이나 몸을 곧게 펴지 못하는 증상 등은 다 나았다. 왼팔은 아직 예전 같지 않지만 차차 좋아질 것이다. 다만 이 달에 들어서는 공사(公私) 간에 애통한 일[2]을 당하여 밤낮으로 슬피 사모하고 있다. 누가 이런 일을 초래했는지.[3] 길게 적지 않는다.　　　　　　　　　　　－6월 17일


날짜를 헤아려 보니 82일 만에 너의 편지를 받았구나. 그동안 턱 밑에 준치 가시 같은 흰 수염이 일고여덟 개나 생겼다. 네 어머니가 병이 날 줄은 짐작하고 있었다. 큰며느리도 학질을 앓은 뒤라 모습이 더욱 초췌해졌겠구나. 생각하면 견디기 어렵다.

더구나 신지도에 계신 둘째 형님을 생각하면 가슴이 미어진다. 반년 동안이나 소식이 끊어졌으니 이러고도 같은 세상에 살고 있다고 말할 수 있겠느냐? 나는 육지에 있어도 괴로움이 이와

---

1_ 무(武): 다산의 큰아들 학연(學淵). 그의 아명이 무상(武牂)인데, 줄여서 '무'라고 부른 것이다.

2_ 공사(公私) 간에 애통한 일: 공적으로 사적으로 애통한 일. 공적으로는 편지를 쓴 1801년 6월이 정조대왕의 1주기였다. 사적으로는 벗들과 온 집안이 풍비박산이 되었다.

3_ 누가~초래했는지: 원문은 '此何人斯'로, 『시경』 '소아'(小雅)의 「하인사」(何人斯)에서 따온 말이다. 「하인사」는 참언으로 난(亂)의 빌미를 만드는 음험한 소인배를 풍자한 시인데, 다산은 『시경』의 이 시 구절을 언급함으로써 암암리에 자신의 억울함을 피력하고 있다.

같은데 하물며 섬에서야 어떻겠느냐? 형수님의 정경도 측은하니, 너는 그분을 어머니처럼 섬겨야 할 것이다. 육가3_도 친형제처럼 대하여 극진히 쓰다듬고 보살펴야 한다.

내가 밤낮으로 축원하는 것은 오로지 문아(文兒)4_가 독서하는 것뿐이다. 문아가 선비의 마음 자세를 갖춘다면 내가 다시 무슨 한이 있겠느냐? 아침저녁으로 부지런히 책을 읽어 아비의 간절한 마음을 저버리지 말아 다오. 팔이 시큰거려서 이만 줄인다.

― 9월 3일

---

3_ 육가(六哥): 정약전의 아들인 학초(學樵). 그의 아명이 봉륙(封六)이었기에 '육가'라고 부른 것이다.

4_ 문아(文兒): 다산의 둘째 아들 학유(學游). 그의 아명이 문장(文牂)인데, 아직 나이가 많지 않으므로 '문아'라고 한 것이다.

다산이 첫 유배지인 경상도 장기에서 쓴 편지 가운데 두 통이다. 다산은 1801년 3월 9일부터 10월 20일까지 장기에 머물렀다. 갑작스런 유배로 인해 다산 자신은 물론 가족들도 심한 고통과 좌절을 겪었음을 알 수 있다. 다산은 불안 증상, 마비 증상에다 팔의 통증까지 심했다. 그간에 아내, 큰아들, 어린 딸, 며느리까지 거의 모든 식구가 병을 앓았다.

처자식에게 큰 고통을 안겨 준 것도 참담한데다, 자신을 각별히 총애했던 정조의 승하, 드러내 말할 수조차 없지만 처형된 셋째 형님에 대한 비통한 마음, 외딴섬에 유배되어 소식조차 두절된 둘째 형님에 대한 염려 등으로 다산이야말로 그 누구보다도 힘들었을 터이다. 그런 가운데서도 작은아들이 바른 선비가 되는 것만이 소원이라고 말하는 아버지의 심정이 애절하다.

# 오직 독서뿐

천지 만물 중에는 자연 그대로 완전하고 좋은 것이 있다. 그러나 이런 것은 기이하다고 야단스레 말할 게 못 된다. 오직 훼손되고 부서진 것을 잘 어루만지고 다듬어서 완전하고 좋게 만든 것이라야 그 공덕을 찬탄할 만하다. 그러므로 다 죽어 가는 사람을 살려 내야 명의라 하고, 위기에 처한 성(城)을 구해 내야 명장이라고 하는 것이다.

오늘날 대대로 높은 벼슬을 한 집안의 자제들이 관직을 유지하고 가문의 명성을 떨치는 것은 어리석은 사람일지라도 능히 할 수 있는 일이다. 그러나 너희들은 폐족(廢族)[1]이다. 만일 폐족의 처지에 잘 대처하여 이전보다 더 완전하고 좋게 된다면 또한 기특하고 좋은 일이 아니겠느냐?

폐족의 처지에 잘 대처하려면 어떻게 해야 하는가? 오직 독서뿐이다.

독서, 이것이야말로 인간이 할 수 있는 가장 맑은 일이다. 부잣집 자제들은 그 맛을 알기가 어려울 것 같고, 또한 초야의 시골 젊은이가 그 깊은 경지를 알기도 어려울 것 같다. 반드시 벼

---

1_ 폐족(廢族): 죄를 지어 당사자는 물론 그 자손까지 벼슬길이 막힌 집안.

슬한 집안의 자제로서 어려서부터 보고 들은 게 있는데다가 너희들처럼 중간에 어려운 일을 겪은 사람이라야 비로소 제대로 된 독서를 할 수 있다. 저들이 책을 읽을 수 없다는 말이 아니다. 단지 글자만 읽는 것은 독서라고 할 수 없기 때문이다.

3대 이상 의원 집안이 아니면 그 약을 먹지 않는다. 문장도 마찬가지다. 반드시 대대로 글하는 집안의 사람이라야 문장을 잘할 수 있다. 돌아보면 나의 재능이 너희들보다 조금은 낫다. 그러나 어려서는 나아갈 방향을 알지 못했고, 열다섯 살에 비로소 서울에 가서 공부를 했으나 이리저리 떠돌기만 하고 터득한 게 없었다.

스무 살에 과거 공부에 마음을 쏟기 시작했고, 성균관에 들어간 후로는 대과 시험을 위해 또 변려문2에 골몰하였다. 그후에는 규장각에 배속되어 과제로 받은 글을 쓰느라 자잘한 수식이나 일삼는 문장에 머리를 파묻고 지낸 게 거의 십 년이나 되었다. 그후에는 또 규장각 교서(校書) 일로 바쁘게 지냈다. 곡산부사로 가서는 백성을 돌보는 데 힘을 쏟았고, 서울에 돌아와서는 신공과 민공3의 탄핵을 받았다. 그 다음 해에는 선대왕이 승하하신 슬픔을 당하여 서울과 시골을 분주히 오가다가 지난 봄 화를 당하기에 이르렀으니, 하루도 독서에 전념할 수가 없었다.

그러므로 내가 쓴 시와 문장은 은하수의 물로 씻어 낼지라도

2_ 변려문(駢儷文): 사륙문(四六文)이라고도 한다. 문장의 글자 수를 주로 4와 6으로 하면서 대구를 이루는 문체. 형식미를 추구하는 귀족적 문체.
3_ 신공과 민공: 신공은 신헌조(申獻朝), 민공은 민명혁(閔命赫)을 가리킨다. 두 사람은 천주교를 신봉했다며 다산을 탄핵하였다.

끝내 과거 시험의 투식을 지울 수가 없고, 좀 잘 쓴 글조차도 관각 문체4_를 면할 수가 없다. 그러나 나의 머리털과 수염은 벌써 엉성해지고 기운은 이미 쇠약해지니, 어찌 운명이 아니겠느냐.

가(稼)5_야. 너의 재능과 기억력은 나보다 조금 못하지만, 그러나 네가 열 살 때 쓴 글은 거의 내가 스무 살 때도 쓰지 못한 것이다. 네가 요 몇 년 전에 쓴 글은 내가 지금도 쓸 수 없는 게 더러 있다. 이것은 네 공부가 길을 우회하지 않았고, 네가 보고 들은 게 조잡하지 않았기 때문이 아니겠느냐?

네가 곡산에 있다 돌아간 뒤로6_ 나는 너에게 과거 공부를 시켰다. 그러자 너를 아끼고 사랑하던 당대의 문사들이 모두 내가 욕심이 많다며 나무랐고 나 스스로도 마뜩하진 못했다. 그런데 이제 네가 과거에 응시할 수 없게 되었으니, 과거 공부에 대해선 근심하지 않아도 되게 되었다.

내 생각으로는 너는 이미 진사가 된 것이나 마찬가지고, 급제를 한 것이나 마찬가지다. 글을 알면서도 과거 공부로 인한 폐단이 없는 게 낫겠느냐, 진사 급제를 하는 게 낫겠느냐? 너는 참으로 독서할 수 있는 때를 만났다. 이야말로 내가 말한바 폐족의 처지에 잘 대처하는 게 아니겠느냐?

포(圃)7_야. 너의 재주와 역량은 네 형보다 약간 못하지만,

---

4_ 관각 문체(館閣文體): 관각문의 투식. 관각문이란 홍문관이나 예문관에서 왕명을 받들어 지은 글을 가리킨다. 관각 문체는 장중하지만 전고를 많이 사용하고 공식적인 틀에 얽매이는 특징이 있다.

5_ 가(稼): 다산의 큰아들 학연(學淵)의 자(字). 이 편지가 쓰인 1802년 당시, 큰아들은 스무 살이었다.

6_ 네가 곡산에 있다 돌아간 뒤로: 다산이 곡산부사를 지낸 1797년 윤6월~1799년 4월 사이의 어느 시기 이후.

성품이 자상하고 생각이 깊으니 독서에 전념하면 도리어 형보다
더 나을 수도 있지 않겠느냐? 근래에 보니 글이 점점 나아지고
있더구나. 그래서 내가 이렇게 말하는 것이다.

독서하는 사람은 반드시 근본부터 세워야 한다. 근본이 무엇
인가? 학문에 뜻을 두지 않으면 독서를 할 수 없다. 학문에 뜻을
둔 사람은 반드시 근본부터 세워야 한다. 근본이 무엇인가? 효도
와 공경이다. 먼저 효도와 공경을 힘써 실천하여 근본을 세운다
면 학문은 자연히 넉넉해진다. 학문이 넉넉해지면 독서의 단계
와 세목을 따로 말하지 않아도 된다.


나는 천지간에 외로이 서서 오직 글쓰기에 내 목숨을 의지하
며 살아 있을 따름이다. 혹 마음에 드는 글을 한 구절이나 한 편
이라도 지으면 홀로 읊조리고 음미하다가 이 세상에서 오직 너
희들에게만 보여 줄 수 있겠구나 생각한다. 그렇건만 너희들은
생각이 이미 아득히 멀리 달아나 글을 이제는 더 이상 쓸모없는
물건처럼 여기는구나.

세월이 흘러 몇 년이 지나 너희들이 뼈대가 굵어지고 수염이
생기면 얼굴을 마주해도 밉상일 텐데, 그때는 아비의 글인들 읽
으려 하겠느냐? 나는 조괄8_이 그 아버지의 글을 잘 읽었으므로
훌륭한 아들이라고 생각한다. 너희들이 만약 글을 읽지 않는다

---

7_ 포(圃): 다산의 둘째 아들 학유(學游)의 자(字). 이 글이 쓰인 당시, 둘째 아들은 열일곱 살
　　이었다.

8_ 조괄(趙括): 중국 전국 시대 조나라 사람. 조나라의 명장 조사(趙奢)의 아들. 아버지가 쓴
　　병서를 읽기만 했지 잘 활용하지 못했으므로 전쟁에 패하여 죽었다고 한다.

면 내 저술은 무용지물이 된다. 내 저술이 무용지물이 되면 나는 하는 일이 없어 장차 멍하니 진흙으로 빚은 인형처럼 될 것이다. 그러면 열흘이 못 되어 병이 나고, 병이 나면 약으로 고칠 수도 없을 것이다. 그러니 너희들이 글을 읽는 것은 내 목숨을 살리는 일이 아니겠느냐? 너희들은 잘 생각해 보거라. 너희들은 잘 생각해 보거라.

내가 전에도 여러 번 말했다. 청족(淸族)[9]은 비록 독서를 하지 않아도 저절로 존경을 받지만, 폐족인데도 식견이 모자라면 더욱 가증스럽지 않겠느냐. 사람들이 천시하고 세상이 비루하게 여기는 것도 슬퍼할 만한데, 지금 너희들은 또 자신을 천하게 여기고 자신을 비루하게 여기니, 이는 스스로 만든 일이라 슬퍼할 만하다.

너희들이 끝내 배우지 않고 자포자기해 버리면 내가 저술하고 편찬한 것을 장차 누가 수습하고 정리하며, 바로잡고 편집하겠는가? 너희들이 그렇게 하지 않는다면 내 글은 끝내 전해지지 못할 것이다. 내 글이 전해지지 않으면, 후세 사람들은 단지 나를 탄핵한 글과 재판 기록만 보고 나를 판단할 것이다. 그러면 나는 장차 어떤 사람이 되겠느냐? 너희들은 아무쪼록 이런 점을 생각하고 분발하여 학문에 힘쓰기 바란다. 나의 이 한 가닥 학문

---

9_ 청족: 맑고 깨끗한 명성이 있는 집안.

의 맥이 너희들에게 이르러 더욱 커지고 더욱 발전한다면 그 맑음과 귀함은 대대로 벼슬한 집안과도 바꿀 수 없게 될 것이다. 어찌하여 글 읽기를 그만두고 하려 하지 않느냐? (……)

1802년 12월 22일 강진에서 두 아들에게 쓴 편지다.

갑작스레 집안이 망하는 바람에 실의에 빠져 있을 두 아들을 혹은 절절하게 혹은 준엄하게 달래고 꾸짖고 격려하는 아버지의 모습이 심금을 울린다.

공부해서 출세하는 게 불가능하게 되었기 때문에 이제야말로 참된 공부를 할 수 있는 때가 되었다는 말은 단지 아들을 위로하기 위해서 한 말만은 아니다. 다산 자신의 공부가 그랬기 때문이다. 41세 때다.

# 새해 첫날

새해가 되었구나.

군자는 새해를 맞으면 반드시 그 마음과 행동도 한번 새로이 해야 한다. 젊을 때 나는 새해 첫날을 맞으면 항상 일 년간의 공부 계획을 미리 세웠다. 예컨대, 올해는 무슨 책을 읽고 어떤 글을 발췌할 것인가 미리 정한 뒤에 그것을 실천에 옮겼다. 여러 달이 지나 이런저런 일이 생겨 비록 계획대로 하지 못하는 경우가 있더라도 선(善)을 즐기고 앞으로 나아가려는 생각만큼은 그만둘 수가 없었다.

너희들에게 학문에 힘쓰라고 내가 편지로 여러 번이나 부탁하였다. 그런데도 나에게 경전에서 의문 나는 점을 묻거나, 예악(禮樂)에 대해 질문하거나, 역사적 사실에 관한 논의를 언급하거나 한 적이 한 번도 없으니, 너희들이 내 말을 어쩌면 이토록 귀담아 듣지 않는단 말이냐?

너희들은 번화한 도회지에서 자라나 어릴 때부터 식객이나 하인배, 아전들을 많이 접해서 말투나 마음씨가 약고 가볍고 비루하고 어긋나지 않음이 없다. 이런 병통이 골수에 파고들어 마음속에서 선(善)을 즐기고 학문에 힘쓰려는 생각이라곤 도무지

찾을 수 없게 되었다.

　내가 밤낮으로 애태우며 어서 돌아가야 한다고 생각하는 것도 너희들이 뼈가 점점 굳어지고 기운이 점점 거칠어져 한두 해가 더 지나 버리면 크게 잘못된 삶을 살게 될까 염려해서이다. 작년에는 그 때문에 병을 얻어 여름 석 달 동안 앓으며 지냈다. 10월 이후로는 말하지 않아도 짐작할 수 있을 것이다.[1] 그러니 진실로 마음에 반 푼의 성의라도 있다면 비록 창과 칼이 어지러운 전쟁터에 있더라도 반드시 향상되는 점이 있을 터인데, 너희들은 집에 책이 없느냐? 재주가 없느냐? 귀와 눈이 밝지 못하느냐? 어째서 자포자기하려고 하느냐? 폐족이라고 여겨서냐?

　폐족은 오직 벼슬길에만 장애가 있을 뿐이다. 폐족이라도 성인(聖人)이 되는 데에는 아무런 장애가 없다. 폐족이라도 문장가가 되는 데에는 아무런 장애가 없다. 폐족이라도 이치에 통달한 선비가 되는 데에는 아무런 장애가 없다. 아무런 장애가 없을 뿐아니라 오히려 크게 유리하다. 과거 공부의 폐단이 없는데다가, 가난과 곤궁의 고통으로 인해 심지가 단련되고 생각이 열려서 인정세태의 진실과 거짓이 어떻게 드러나는지 두루 잘 알 수 있기 때문이다.

　그러므로 율곡 같은 분은 아버지를 일찍 여의고 여러 해를 괴로이 방황하다 마침내는 바른길로 돌이켜 진리에 이르렀으며,

---

1_ 10월 이후로는~짐작할 수 있을 것이다: 다산은 1802년 11월과 12월에 여러 차례 두 아들에게 편지를 보낸 바 있다. 그 편지 내용으로 짐작하리라는 뜻이다.

우리 우담 선생2_도 세상의 배척을 받고 더욱 그 덕이 높아졌고, 성호 선생3_도 집안이 화를 당한 이후 이름난 학자가 되셨다. 모두 탁월한 성취를 이루셨으니, 권세가의 부유한 자제들이 미칠 수 있는 바가 아니다.

너희들도 일찍이 듣지 않았느냐? 폐족 가운데에 재능이 뛰어난 선비가 많다는 사실을. 그것은 하늘이 폐족에 재능을 더 많이 주었기 때문이 아니다. 폐족은 현달하려는 마음에 휘둘리지 않아서 독서와 연구를 통해 학문의 진면목과 골수를 터득할 수 있기 때문이다. (……)

근래의 어떤 학술은 오로지 마음공부만을 명분으로 내세워 외모를 가다듬는 것을 가식이나 위선이라고 지목하기도 한다. 약삭빠르고 방탕하여 구속을 싫어하는 젊은이들은 이런 이야기를 듣고 모두 뛸 듯이 크게 기뻐하여 마침내는 일상의 행동에서 절도를 지키지 않고 마음대로 한다. 나도 예전에 이런 병통에 깊게 물들어 늙도록 엄정한 몸가짐을 익히지 못했다. 비록 후회해도 고치기가 어려우니 매우 후회스럽다. 전에 너희들을 보니 도무지 옷깃을 여미고 똑바로 앉으려 하질 않고, 단정하고 엄숙한 기색이라곤 조금도 볼 수가 없더구나. 나의 병통이 한 번 옮겨가서 너희들의 병통이 된 것이니, 성인께서 사람들을 가르칠 때

---

2_ 우담 선생: 정시한(丁時翰, 1625~1707). 숙종 때의 학자. 본관은 나주. 우담(愚潭)은 그의 호. 독학으로 성리학을 연구했으며, 원주에 은거하며 후진 양성과 농사에 힘썼다. 1691년에 인현 왕후를 폐위시킨 일을 잘못이라며 상소했다가 삭적되었고, 다시 기용되었으나 사직했다. 당파와는 관계없이 자신의 소신을 기탄없이 토로하였다.

3_ 성호 선생: 성호 이익(星湖 李瀷, 1681~1763). 실학자. 1706년 그의 형 이잠(李潛)이 당쟁으로 희생되자 벼슬을 단념하고 안산에 머물며 일생을 학문에 전념하였다. 다산이 학문적 스승으로 사숙한 인물이다.

먼저 외모부터 단정하게 하도록 함으로써 비로소 마음을 안정시킬 수 있게 했음을 통 몰라서이다. 비스듬히 눕고 삐딱하게 서며 큰소리로 말하고 아무렇게나 쳐다보면서도, 공경을 실천하고 자신의 마음을 잘 지키는 사람이란 세상에 없는 법이다.

그러므로 행동과 말과 안색을 바르게 하는 것이 학문의 첫 출발점이다. 진실로 이 세 가지에 힘을 쏟을 수 없다면 아무리 재주가 탁월하고 지식이 출중해도 끝내 어디에도 발붙이고 서 있을 수 없다. 그 폐단으로 인해 어긋난 말을 하고, 거칠게 행동하고, 도적이 되고, 큰 잘못을 저지르고, 이단과 잡술에 빠져 멈출 줄을 모르게 될 것이다.

나는 서재에 '삼사'(三斯), 즉 '이 셋'이라는 이름을 붙이고 싶었다. '이 셋'이란 행동은 난폭함과 거만함을 멀리할 것, 말은 비루함과 어긋남을 멀리할 것, 안색은 미덥게 할 것, 이 세 가지다.4

너희들의 인품이 나아지길 바라며 '삼사재'(三斯齋)라는 이름을 너희에게 준다. 너희들은 이것을 서재의 이름으로 삼고 그에 대한 자신의 생각을 글로 써서 다음에 인편으로 부쳐 다오. 나도 너희들을 위해 글을 쓰겠다. 너희들은 또 이 셋에 대해 스스로를 경계하는 잠언을 짓고 '삼사잠'(三斯箴)이라고 제목을 붙여라. 그러면 정자(程子)의 「사물잠」5의 아름다운 정신을 계

---

4_ '이 셋'이란~세 가지다: 『논어』 「태백」 편에 이 세 가지가 언급되어 있다.

5_ 사물잠(四勿箴): 중국의 학자 정이천(程伊川)이 지은 잠언. 시잠(視箴)·청잠(聽箴)·언잠(言箴)·동잠(動箴) 넷으로 되어 있다.

승할 수 있을 것이니 그 얼마나 복된 일이냐. 깊이 바라고 또 바란다.

---

1803년 새해 첫날 쓴 편지다.

왜 공부를 하지 않느냐, 왜 아버지의 말을 흘려듣느냐, 왜 태도는 그 모양이냐, 왜 심지가 굳지 못하냐, 왜 자포자기하느냐? 천 리 먼 곳에서 새해 첫날부터 매섭게 자식을 꾸짖을 수밖에 없는 아버지의 심정이 애절하다.

행동과 말과 안색을 바르게 하지 못하면 제대로 된 인간이 될 수 없다는 말은 요즘 우리들에게 더 긴요한 말이다. 42세 때의 글이다.

# 남의 도움을 바라지 마라

　너희들은 편지에서 항상 말하기를, 일가친척 중에 한 사람도 돌봐 주고 도와주는 사람이 없어 거친 물결 위에 떠 있는 것 같고 험준한 산길을 오르는 것 같다고 한다. 이는 모두 하늘을 원망하고 남을 탓하는 말투니, 큰 잘못이다.

　내가 벼슬할 때는 조금이라도 우환이 있거나 병이 생기면 다른 사람들이 크게 도와주곤 했다. 날마다 와서 안부를 묻는 사람도 있었고, 감싸며 부축해 주는 사람도 있었고, 약을 보내 주는 사람도 있었고, 양식을 대어 주는 사람도 있었다. 너희들은 이런 일들에 익숙하여 항상 다른 사람이 은혜를 베풀어 주기만 기대하고 있으나, 자고로 빈천한 자는 원래 남이 도와주지 않는 법이라는 것을 모르고 있다. 더구나 여러 친족들은 모두 서울과 지방에 흩어져 산 지 오래되어 서로 베푸는 정이 없다. 지금 서로 다투지 않는 것만도 후덕한 일인데, 어찌 도와주길 바랄 수 있겠느냐?

　하물며 너희들은 지금 비록 이처럼 초라하게 되었지만, 여러 친족들과 비교하면 오히려 형편이 넉넉하다고 해야 할 것이다. 다만 다른 사람까지 돌볼 여력이 없을 뿐이다. 몹시 가난한 것도 아니며 남을 돌볼 여력도 없으니 그야말로 남의 도움을 받을 처지는 아닌 것이다.

모든 일을 다 집안에서 사려 있게 조처하고, 다른 사람이 은혜를 베풀어 주기를 기대하는 생각을 마음에서 끊어 버리면 저절로 심기가 화평해져 하늘을 원망하고 남을 탓하는 잘못이 없어질 것이다.

일가들 중에 여러 날 밥도 못 먹는 사람이 있을 때, 너희들은 조금치의 쌀이라도 내어 굶지 않게 해 준 적이 있느냐? 눈이 쌓이고 꽁꽁 얼어붙은 날, 한 묶음의 땔감이라도 나눠 따뜻하게 해 준 적이 있느냐? 병이 들어 약이 필요한 사람이 있을 때, 열 푼 스무 푼어치의 약이라도 지어 낫게 해 준 적이 있느냐? 늙고 곤궁한 사람이 있을 때, 때때로 가서 문안을 드리고 단정히 옆에 앉아 따뜻하고 공손하게 모신 적이 있느냐? 우환이 있는 사람에게 너희들은 근심하는 낯빛과 걱정스런 눈빛으로 그 우환의 괴로움을 함께 나누며 대처 방법을 의논한 적이 있느냐? 이런 몇 가지 일들을 한 적도 없으면서 너희들은 어찌하여 일가 사람들이 황급히 달려와 너희들의 어려움을 서둘러 도와주길 바라는 것이냐?

내가 베풀지 않았으면서도 남들이 먼저 베풀어 주기를 바라는 것은 너희들의 오만함이 아직도 뿌리 뽑히지 않아서이다. 이후로는 유념하여 평소 아무런 일이 없을 때 공손하고 화목하며 신중하고 성실하게 처신하여 일가 사람들이 좋아하도록 노력해야 할 것이며, 마음속에 보답을 바라는 마음을 손톱만큼도 남겨 두어서는 안 될 것이다. 나중에 너희들에게 우환이 생겼을 때 그들이 돌아보지 않는다 해도 마음속에 절대로 한을 품지 마라. 곧바로 너그러이 짐작하되, 저 사람이 마침 피치 못할 일이 있거나 아니면 힘이 닿지 않아서 그렇구나 생각하여라. 절대로 경솔한 말을 입에 올려, 나는 예전에 그렇게 했는데 저 사람은 지금 이렇게 하는구나 말하지 마라. 이런 말이 일단 나오게 되면 예전에 쌓았던 공덕이 하루아침에 그 말 한마디로 인해 바람에 흩어지는 재처럼 날아가 버리게 된다.

　너희들은 주변에 친척들이 없는 곳에서 성장하였고, 봄바람처럼 온화한 가운데에서 양육되었기에, 아랫사람이 어떻게 어른을 섬기고 종족을 섬겨야 하는지에 대해서 일찍이 보고 들은 게 없다. 또한 사람이 곤궁한 상황에서 어떻게 처신해야 하는지에 대해서도 익히지 못했다. 그런 까닭에 나의 도리를 성실히 다할 줄은 모르면서 먼저 남이 은혜를 베풀어 주기만 바라고, 집 안에서의 행실을 닦지는 않고 가까이 있는 사람들이 좋아해 주기만 바라니 그래서야 되겠느냐? (……)

---

남의 도움을 바라지 마라. 남에게 대접 받고자 하는 대로 먼저 너희가 남에게 대접하라. 남에게 베풀되 보답을 바라지 마라.

집안이 몰락했으므로 더더욱 당당하고 독립적인 자세를 지녀야 한다고 당부하면서, 유교의 '서'(恕)의 정신을 구체적 상황에 입각하여 자세하게 깨우쳐 주고 있다. 어려운 처지에서도 자식들이 도덕적으로 더욱 향상되길 기대하는 아버지의 마음이 잘 느껴진다.

# 가을 하늘을 솟아오르는 한 마리 매처럼

(……) 내 둘째 형님은 나를 누구보다도 잘 아신다. 일찍이 "내 아우는 큰 단점은 없지만 국량이 작은 게 흠이다"라고 말씀하신 적이 있다. 나는 네 어머니를 누구보다도 잘 안다. 일찍이 "내 아내는 큰 단점은 없지만 아량이 좁은 게 흠이다"라고 말한 적이 있다.

너는 나와 네 어머니에게서 나왔으니 어찌 큰 숲처럼 넉넉한 도량이야 있겠냐마는 그래도 너는 너무 심하다. 자식이 부모보다 더한 것은 이치로 보면 그럴 수밖에 없겠지만, 끝내 이처럼 좁아서야 티끌도 용납하지 못할 터이니 하물며 만경창파처럼 드넓게 모든 대상을 감싸 안을 수 있겠느냐?

도량의 근본은 너그럽게 이해하는 데에 있다. 너그럽게 보면 좀도둑이나 반란을 일으킨 백성도 이해할 수 있는데, 하물며 여타의 일이야 더 말할 게 있겠느냐?

옛날의 왕들은 지혜롭게 사람을 잘 활용하였다. 장님은 음악을 담당하게 하였고, 절름발이는 대궐문을 지키게 했으며, 고자는 궁중에서 일하게 하였다. 곱사등이나 불구자들까지도 각자에게 적합한 일을 맡겼으니, 이에 대해 깊이 생각해 보아야 마땅하다.

우리 집에 종 한 사람이 있는데, 너희 형제는 항상 "힘이 약해서 일을 맡길 수가 없다"고 한다. 너희들은 늘 난쟁이에게 산을 통째로 뽑아 오라는 식의 책임을 맡기려 하기 때문에 종의 힘이 약한 걸 걱정하는 것이다.

집안을 다스리는 법은 위로는 주인 내외로부터 남자·여자·어른·아이·형제·동서를 비롯하여 아래로는 노비의 아이들에 이르기까지 다섯 살 이상만 되면 각자 할 일을 나누어 주어 잠시도 노는 일이 없도록 해야 한다. 그러면 가난을 걱정하지 않게 된다.

내가 장기에 유배 가 있을 때, 집주인 성씨는 겨우 다섯 살된 어린 손녀에게는 뜰에 앉아 솔개를 쫓게 하였고, 일곱 살 된 아이에게는 손에 작대기를 들고 참새를 쫓게 하였다. 한솥밥을 먹는 식구들에게 모두 직책을 맡겼으니 이는 본받을 만한 일이다. 영감은 칡을 꼬아서 노끈을 만들고 할미는 항상 실타래를 쥐고 실을 감아서, 이웃에 갈 때조차도 손에서 일을 놓지 않는 집이 있다면 그런 집은 반드시 양식이 넉넉하여 가난을 걱정하지 않는다.

아직 분가하지 않은 둘째 아들 중에는 집 안의 동산이나 채마밭을 가꾸려 하지 않는 사람들이 있다. 마음속으로 나중에 분가해 자기만의 땅을 갖게 되면 정성을 다해 가꾸리라 생각하지만 이런 일은 본성에서 우러나서 해야 되는 일인 줄을 모른다. 자기 형의 동산을 잘 가꾸지 못하는 사람은 자신의 동산도 잘 가꾸지 못한다. 내가 다산에서 연못을 만들고, 축대를 쌓고, 텃밭을 가꾸는 일에 열과 성을 다하는 것을 너는 보았을 것이다. 그걸 장차 내 소유로 하고 나중에 자손에게 물려주겠다는 마음에서 그러는 것이겠느냐? 참으로 본성에서 우러나서 좋아하는 일이라면 내 땅이다 네 땅이다 하는 생각이 없는 법이다.

한 번 배부르면 살진 듯이 행동하고, 한 번 굶으면 여윈 듯이 행동하는 것은 천한 짐승들이나 하는 짓이다. 소견이 좁은 사람은 오늘 마음대로 안 되는 일이 있으면 당장 눈물을 줄줄 흘리다가도 내일 흡족한 일이 생기면 벙긋거리며 얼굴이 훤해진다. 걱정하고 좋아하고, 슬퍼하고 기뻐하고, 감동하고 분노하고, 사랑하고 미워하는 일체의 감정이 아침저녁으로 변한다. 이런 모습을 달관한 사람이 보면 우습지 않겠느냐? 그렇긴 하나 소동파가 "세속의 안목은 너무 낮고, 하늘의 안목은 너무 높다"고 말했으니, 만약 장수(長壽)하든 요절하든 마찬가지며 삶과 죽음도 하나라고 본다면 지나치게 높게만 생각하는 폐단이 있다 할 것이다.

아침에 햇볕이 먼저 든 곳은 저녁에 그늘도 먼저 들며, 꽃이 일찍 피면 시들기도 빨리 한다는 사실을 알아야 한다. 풍차 바퀴는 돌고 돌아 잠시도 쉬지 않는다. 뜻을 품고 이 세상을 사는 사람은 잠시 재난을 당했다고 해서 청운의 뜻을 꺾어서는 안 된다. 사나이 가슴속에는 항상 가을 하늘을 솟아오르는 한 마리 매와 같은 기상이 있어야 한다. 눈으로는 천지를 좁게 보고, 손으로는 우주를 가볍게 여겨야 된다. (……)

---

너그러운 마음, 높은 기상을 가지라고 누누이 타이르고 있다. 종을 대하는 태도로부터 집안을 다스리는 방법, 둘째 아들로서의 처신, 희로애락의 감정에 이르기까지 다산의 가르침은 항상 구체적이고 현실적이면서도 바르고 크다. 49세 때의 글이다.

이 글은 다산초당에 머물며 공부하다가 집으로 돌아가는 둘째 아들에게 써 준 글이다. 둘째 아들은 1808년 4월 다산초당에 와서 1810년 2월에 돌아갔다.

# 두 글자의 부적

육상산(陸象山)은 말했다. "우주의 모든 일이 바로 나의 일이요, 나의 일이 바로 우주의 일이다." 대장부라면 하루라도 이런 생각을 하지 않아서는 안 된다. 우리의 본분을 스스로 가볍게 여겨서는 안 된다.

사대부의 마음은 비 갠 뒤의 바람과 달처럼 맑아서 추호도 가려진 것이 없어야 한다. 하늘과 사람에게 부끄러운 일을 아예 하지 않으면 자연히 마음은 넓고 몸은 번듯해져 호연지기(浩然之氣)가 생기게 된다. 만약 하찮은 물건이나 돈 몇 푼에 잠시라도 양심을 저버리는 일이 있으면 사람의 기운이 위축된다. 이에 따라 완전히 길이 갈리는 것이니, 너희들은 부디 경계하여라. (……)

나는 너희들에게 전원을 물려줄 수 있을 정도의 벼슬은 하지 못했다. 하지만 생활을 넉넉하게 하고 가난을 구제할 수 있는 두 글자의 부적이 있어 지금 너희들에게 주노니, 너희들은 하찮게 생각하지 마라. 한 글자는 '부지런할 근(勤)' 자요, 또 한 글자는 '검소할 검(儉)' 자다. 이 두 글자는 좋은 논밭보다 훨씬 나아서 평생토록 써도 다 쓰지 못할 것이다.

'근'(勤)이란 무엇인가? 오늘 할 수 있는 일을 내일로 미루지 마라. 아침에 할 수 있는 일을 저녁까지 늦추지 마라. 맑은 날 해야 할 일을 미적거리다 비 오는 날 하지 마라. 비 오는 날 해야 할 일을 꾸물거리다 맑은 날 하지 마라. 늙은이는 앉아서 감독을 하고, 어린이는 왔다 갔다 하며 어른들이 시키는 일을 한다. 젊은 사람은 힘든 일을 하고, 병 있는 사람은 집 지키는 일을 한다. 부인들은 밤 1시 이전에는 잠자리에 들지 않는다. 요컨대 한 집 안 남녀노소가 한 사람도 노는 사람이 없고, 잠시도 한가한 시간이 없는 것, 이를 '근'이라고 한다.

'검'(儉)이란 무엇인가? 옷은 몸을 가리기 위한 것이다. 올이 고운 옷이 해지면 그 이상 처량해 보일 수가 없다. 올이 거친 옷은 비록 해져도 아무런 흠이 되지 않는다. 옷 한 벌을 만들 때마다 반드시 이후로도 계속 입을 수 있을지를 생각해야 한다. 만약 그렇게 하지 않으면 곱게만 만들어 해져 버릴 것이다. 이런 생각을 하게 되면 고운 옷감을 버리고 거친 옷감을 택하지 않을 사람이 없을 것이다.

음식이란 생명을 이어 나가기 위한 것이다. 아무리 맛있는 고기나 생선도 입 속에 들어가면 바로 더러운 물건이 되어 버린다. 목구멍으로 내려가기도 전에 사람들은 더럽다며 싫어한다.

사람이 천지 사이에 살면서 귀하게 여겨야 하는 것은 성실함이니, 모든 일에 속임이 없어야 한다. 하늘을 속이는 것이 가장 나쁘고, 임금을 속이고 부모를 속이고, 농부가 함께 일하는 다른 농부를 속이고, 상인이 함께 장사하는 동료를 속이는 것은 모두 죄를 짓는 일이다. 다만 딱 한 가지 속여도 되는 일이 있다. 그것은 바로 자기 입을 속이는 것이다. 보잘것없는 음식을 먹을 때는 입을 속여야 한다. 목으로 넘기기 전까지 잠시만 속이면 되니 이것은 좋은 방법이다.

올여름에 내가 다산에 있으면서, 상추로 쌈을 싸서 밥을 먹으니 어떤 사람이 물었다.

"쌈으로 싸서 먹으면 절여서 먹는 것과 다른가?"

나는 말했다.

"이건 내가 입을 속이는 방법이라네."

음식을 먹을 때마다 이처럼 생각해야 한다. 맛있는 음식을 먹겠다고 생각과 정력을 낭비할 필요가 없다. 결국은 뒷간에 갈 일을 만드는 것이기 때문이다.

이런 생각은 눈앞의 곤궁한 처지에 대처하는 방편만은 아니다. 비록 아무리 부귀할지라도 선비와 군자가 집안을 다스리고 자신을 조절하기 위해서는 근(勤)·검(儉) 두 글자를 버리고는 달리 손쓸 방법이 없는 것이다. 너희들은 마음에 새겨 명심하라.

다산의 유배 기간 동안, 아내는 누에를 치기도 하고 아들들은 농사를 배우고 닭을 기르기도 하였다. 가세가 기울어 집안 살림을 걱정하지 않을 수 없는 형편이었다. 물려줄 재산이 없으니 대신 '근'(勤)·'검'(儉) 두 글자를 물려준다고 한 아버지의 심경은 어떤 것이었을까?

이 두 글자는 이미 다산 스스로가 몸으로 보여 준 가르침이기도 하다. 그러나 다산이 보여 준 근면과 검소는 단지 형편이 좋지 않아서 그런 것만도 아니요, 자기 한 몸 자기 한 가족이 잘살자고 그런 것도 아니다. 부지런히 힘쓰는 것이 살아 있는 존재의 마땅한 도리라고 여겼고, 삶에 딱 필요한 그 이상의 욕심을 부리지 않는 게 진실된 인간의 모습이라고 여겨서였다. 49세 때의 글이다.

# 재물을 오래 간직하는 법

(……) 세상의 옷이나 음식, 돈이나 물건 등은 모두 헛되고 부질없는 것이다. 옷은 입으면 해지고, 음식은 먹으면 썩어 버리며, 재물은 자손에게 물려줘도 끝내 흩어지고 사라져 버린다. 오직 못사는 친척이나 가난한 벗에게 나눠 주면 오래도록 없어지지 않는다.

의돈[1]이 창고에 쌓아 두었던 보물은 흔적도 없지만, 소광[2]이 하사 받은 황금을 친구나 친척들과 함께 누린 일은 아직도 유명하다. 석숭[3]의 별장에 있던 호사스런 장막은 티끌로 변했으나, 범중엄[4]이 배에 가득 실은 보리를 어려운 친구에게 다 준 일은 아직도 명성이 높다. 그 까닭은 무엇이겠느냐?

유형적인 것은 쉽게 부서지지만, 무형적인 것은 없애기 어려운 법이다. 자신의 재물을 자신이 사용하면 그것은 유형적으로 사용하는 것이다. 자신의 재물을 남에게 베풀면 그것은 정신적으로 사용하는 것이다. 물질을 유형적으로 향유하면 장차 해지고 부서질 수밖에 없다. 그러나 무형적으로 향유하면 변하거나 소멸되지 않는다.

재물을 깊이 감추려면 남에게 베푸는 것이 가장 좋다. 도둑

---

1_ 의돈(猗頓): 중국 춘추 시대 노(魯)나라의 큰 부자.
2_ 소광(疏廣): 중국 한(漢)나라 때의 인물. 태부(太傅)로 있다가 사임하고 귀향할 때, 황제와 태자가 수십 근의 황금을 하사했다. 그 황금을 자손들에게 물려주지 않고, 날마다 잔치를 열어 향리의 친구들이나 친척들과 함께 누렸다.
3_ 석숭(石崇): 중국 진(晉)나라의 큰 부자.
4_ 범중엄(范仲淹): 중국 송나라의 재상.

이 훔쳐 갈 걱정도 없고 불에 타 버릴 염려도 없으며, 소나 말에 실어 힘들게 나르지 않아도 거뜬히 간직할 수 있고, 몸이 죽은 뒤에도 천 년토록 이름이 전해지니 세상에 이처럼 큰 이익이 있겠느냐? 재물이란 단단히 움켜쥐면 움켜쥘수록 더욱더 미끄럽게 빠져나가는 메기와 같은 것이다.

저물녘에 숲 근처를 거닐다가 우연히 한 어린아이를 보았다. 다급하게 소리쳐 울며 발을 동동 구르는데, 마치 누군가가 무수한 송곳으로 배를 찌르고 절굿공이로 마구 가슴을 때리는 듯했다. 너무나 참담하고 절박하여 잠깐 사이에 거의 죽을 것만 같은 모습이었다. 왜 그러느냐고 물어보았더니, 나무 밑에서 밤 한 톨을 주웠는데 다른 사람이 빼앗아 갔다고 했다. 아아, 천하에 이 어린아이처럼 울지 않는 자가 몇 사람이나 되겠는가? 관직을 잃고 세력이 꺾인 사람, 손해를 보고 재물을 잃은 사람, 자식을 잃고 너무 슬퍼 거의 실성한 사람. 이 모두가 달관한 경지에서 본다면 밤 한 톨에 울고 있는 것일 따름이다. (……)

---

재물을 오래 간직하려거든 남에게 베풀어라. 눈에 보이는 재물에 붙들리지 마라. 재물을 수단으로 삼아 눈에 보이지 않는 정신성을 향유하라. 밤 한 톨에 울지 마라.
남들 듣기에 좋으라고 한 말이 아니라, 자기 자식들에게 간곡하게 한 말이라 더욱 숙연하다. 유형적인 소유로부터 상당히 자유로워진 다산의 마음이 느껴진다. 하지만 남에게 베풀되 이름을 생각지 않거나, 베풀되 베푼 사실마저 잊는다는 경지와는 다른 점이 있다. 49세 때, 두 아들에게 써 준 글이다.

# 천하의 두 가지 큰 기준

보낸 편지는 자세히 보았다.

천하에는 두 가지 큰 기준이 있다. 하나는 '옳음과 그름'이라는 기준이고, 다른 하나는 '이득과 손해'라는 기준이다. 이 두 가지 큰 기준에서 네 가지 큰 등급이 생겨난다. 옳음을 지켜 이득을 얻는 것이 최상이다. 그 다음은 옳음을 지키다 손해를 입는 것이다. 또 그 다음은 그름을 좇아 이득을 얻는 것이다. 최하는 그름을 좇다가 손해를 입는 것이다.

네가 지금 내게 홍의호[1]에게 편지를 보내 빌라고 하는 것이나, 또 강준흠[2]과 이기경[3]에게 꼬리를 흔들며 애걸하라고 한 것은 3등급을 구하려다가 필경은 4등급으로 떨어지게 되는 일이니, 내가 어째서 그런 일을 하겠느냐?

조장령의 일은 내게는 불행이었다. 그 사람이 하루 사이에 나를 논죄한 이기경의 대계(臺啓)[4]를 정지시키고, 도리어 그의 죄를 탄핵하는 대계를 올렸으니,[5] 이기경의 노여움을 어떻게 면할 수 있겠느냐? 그러나 이미 이렇게 되었으니 또한 순순히 받아

---

**1** 홍의호(洪義浩): 1758∼1826. 호는 필천(筆泉). 대사간·예조판서·공조판서·형조판서 등을 역임했다. 다산의 장인인 홍화보의 사촌 형제 홍수보에게 두 아들이 있었는데, 홍인호와 홍의호다. 두 사람 모두 문과에 급제하여 높은 벼슬을 하였으며, 나중에 공서파(攻西派)에 가담해 다산 일파를 괴롭혔다.

**2** 강준흠(姜浚欽): 1768∼?. 1794년 문과에 급제. 교리·사간·승지 등을 역임했다. 1814년 당시에는 부사직(副司直)에 있었다.

**3** 이기경(李基慶): 1756∼1819. 이른바 공서파(攻西派)의 대표적 인물로 『벽위편』이라는 천주교 비판서를 쓰기도 했다. 한때는 다산과 과거 공부를 함께 했고, 1789년 다산과 같은 해에 과거에 급제하였으며, 천주교 서적을 읽은 적도 있었지만 천주교를 빌미로 다산 일파를 여러 차례 공격하였다.

들일 따름이다. 동정을 구걸한들 무슨 이득이 있겠느냐?

강준흠이 지난번에 나에 관해 올렸던 상소6_는 그 사람으로 선 이미 쏘아 버린 화살이다. 지금부터 죽을 때까지 강가(姜哥) 는 오로지 나를 계속 욕하며 살 것이다. 지금 내가 아무리 애걸 한다 해도 그가 남들에게 나에 대한 비난을 누그러뜨리고 자신 의 과오를 뉘우치는 태도를 보이겠느냐?

강가가 이미 이와 같으니, 이가(李哥)7_도 마찬가지다. 이가 가 강가를 배반하고 나에게 너그러운 태도를 취할 리는 절대 없 으니, 그에게 애걸한들 무슨 이득이 있겠느냐?

강가와 이가가 다시 득세하여 요직을 차지한다면, 그들은 반 드시 나를 죽이고야 말 것이다. 나를 죽인다 한들 어쩔 도리가 없으니, 다만 순순히 받아들여야만 할 따름이다. 하물며 나를 유 배에서 풀어 주라는 공문의 발송을 저지한 것8_과 같은 사소한 일로 인하여 절개를 잃어서야 되겠느냐? 하지만 나는 절개를 지 키려는 사람은 아니다. 다만 3등급이 될 수 없음을 알기 때문에 4등급이나 면하려 할 따름이다.

내가 한번 그들에게 동정을 구걸하면 그 세 사람은 서로 모 여 나를 비웃으며 말할 것이다.

---

4_ 대계(臺啓): 조선 시대 대간이 논하여 아뢰는 일. 특히 관리의 잘못을 지적하여 유죄임을 밝히려고 임금에게 올리는 글. 주로 정책 비판과 관리들의 탄핵에 이용되었다.
5_ 조장령의~올렸으니: 1814년 4월 9일, 사헌부 장령(掌令) 조장한(趙章漢)이 이기경이 다 산을 논죄한 대계를 정지시키고, 이기경이 권유를 비호한 것을 논죄하는 계를 올렸다. 정계(停啓), 즉 대계를 정지시킨다는 것은 사헌부와 사간원에서 죄인의 성명과 죄명을 적어 임금에게 올리는 서류에서 죄인의 이름을 삭제하는 일이다.
6_ 강준흠이~올렸던 상소: 1814년 4월 16일, 강준흠은 정약용의 유배를 풀지 말고 그대로 두고, 조장한은 귀양 보내라는 상소를 올렸다.
7_ 이가(李哥): 이기경을 말한다.
8_ 나를 유배에서~저지한 것: 의금부에서 다산의 유배 해제를 명하는 공문을 발송하려는 것을 강준흠이 상소를 올려 막은 일을 가리킨다.

"저 작자는 참으로 간사한 사람이다. 애절한 말로 우리를 속이려 하는구나. 하지만 그가 서울에 올라온 뒤에는 월나라 구천(句踐)이 와신상담 끝에 오나라를 멸망시켰던 것처럼 우리에게 반드시 복수할 것이다. 참 두려운 일이다."

그리고 겉으로는 나를 풀어 주어야 한다고 빈말을 하면서 실제로는 음흉하게 함정을 파 놓고는 마치 사나운 매가 먹이를 낚아채듯 할 것이다. 그렇게 되면 나는 4등급으로 떨어지지 않겠느냐? 나는 꼭두각시가 아니다. 너는 어째서 네 장단에 맞춰 나를 춤추게 하려고 하느냐?

홍의호와 나는 원래 털끝만큼도 원한이 없었는데, 갑인년[8]_이후 아무 근거도 없이 나를 비난하였다. 을묘년(1795) 봄에 이르러 그의 형 원(元)대감[9]_이 오해로 인해 나를 잘못 미워하였다는 것을 스스로 깨닫고 이를 분명히 설명해 주자, 이전의 험담은 모두 물 흐르듯 구름 걷히듯 사라졌었다.

신유년(1801) 이후 편지 한 장이라도 서로 보내야 된다면 그 사람이 먼저 보내야 옳겠느냐, 내가 먼저 보내야 옳겠느냐? 그 사람은 내게 글자 한 자 써 보내지 않으면서 도리어 내가 자기에게 편지를 하지 않는다고 비난하니, 이는 자기 기세만 내세우며 나를 지렁이처럼 업신여겨서 그런 것이다.

그런데 너는 한마디라도 누가 먼저 편지를 보내야 옳은지 밝

---

8_ 갑인년: 1794년, 홍인호가 채제공을 심하게 비난하였고, 이에 대해 다수의 관료와 선비들이 일제히 홍인호를 공격한 일이 있었다. '갑인년'이라고 한 것은 이 일을 가리킨다. 홍인호·홍의호 형제는 다산이 이 일의 주동자라고 의심하여 미워하게 되었다. 이후로 남인 내부의 분열이 본격화되었다.

9_ 원(元)대감: 홍의호의 형 홍인호(洪仁浩, 1753~1799)를 가리킨다. 그의 자(字)가 원서(元瑞)였으므로 '원(元)대감'이라고 불렀다. 다산보다 아홉 살 위였다. 유배 이전에 다산이 그에게 보낸 편지 네 통이 문집에 남아 있다.

히려 하지 않고, 고개를 숙이며 그 사람에게 "예, 예" 하고만 왔으니, 너 역시 부귀영화에 현혹되어 아비를 천시하고 업신여기고 있구나. 그러니 어찌 슬프지 않겠느냐?

저 사람은 나를 함부로 대해도 그만인 폐족(廢族)이라 여겨 편지를 먼저 보내지 않는데, 내가 먼저 우러러보며 애걸하는 편지를 쓴다는 것이 세상에 있을 수 있는 일이겠느냐?

내가 돌아가고 못 돌아가고는 참으로 큰일이다. 하지만 살고 죽는 일에 비하면 작은 일이다. 사람이란 경우에 따라 목숨을 버리고 의리를 택해야 할 때도 있다. 하물며 돌아가고 못 돌아가는 작은 일 때문에 남을 향해 꼬리를 흔들며 동정을 구걸할 수 있겠느냐? 그렇다면 국경 지대에 난리가 났을 때, 군주를 저버리고 적에게 투항하지 않을 자가 몇이나 되겠느냐?

내가 살아서 고향에 돌아가는 것도 천명이요, 내가 살아서 돌아가지 못하는 것도 천명이다. 그렇지만 사람이 할 도리를 다하지 않고 천명만 기다리는 것도 이치에 맞지 않는 일이다. 나는 사람이 할 도리를 다했다. 사람이 할 도리를 다했는데도 끝내 돌아가지 못한다면 이 또한 천명일 따름이다. 강준흠 그 사람이 어찌 나를 돌아가지 못하게 하겠느냐? 마음을 편히 갖고 염려하지 말고 세월을 기다리는 것이 도리에 맞는 일이다. 다시는 이러니저러니 말하지 마라.

55세 때인 1816년 5월 3일 큰아들에게 보낸 답장이다.

앞서 1810년에 큰아들 학연이 억울함을 호소하자 순조 임금이 다산을 '방축향리'(放逐鄕里)하라고 명하였다. '방축향리'란 관직을 박탈하고 향리에 머무르게 한다는 뜻인데, 유배보다는 한 등급 낮은 벌이었다. 하지만 그 처분이 불가하다는 상소가 있었고, 또한 다산을 논죄한 사헌부의 대계가 그대로 있었기에 끝내 다산은 유배에서 풀려나지 못했다.

1814년 4월, 사헌부 장령 조장한이 다산에 대한 사헌부의 대계를 정지시켜, 실제적으로 다산은 죄인 신분에서 벗어났다. 의금부에서 유배 해제를 명하는 공문만 발송하면 다산은 풀려날 수 있는 상황이었다. 하지만 강준흠이 극렬하게 상소하여 공문이 발송되지 않았다.

이런 상황에서 다산의 처 육촌으로 당시 요직에 있던 홍의호가 도와주고, 이기경과 강준흠 두 사람이 다산에 대한 태도를 바꾸면, 다산은 유배에서 풀려날 수 있었다. 그래서 큰아들 학연은 다산이 그 세 사람에게 편지를 보내 좋은 말로 사정이라도 할 수 없겠느냐는 의견을 말했던 것이다. 여러 해 동안 아버지의 석방을 위해 동분서주하던 아들의 고심이 이해된다.

이 편지를 쓰던 당시 다산은 유배 생활 16년째였다. 편지 두어 장으로 기나긴 유배에서 벗어날 수 있다면 마음에 없는 말 소금 하는 게 뭐 그리 어려운 일이겠는가 하는 것이 큰아들의 생각이고, 보통 사람의 생각이기도 하다. 하지만 다산은 서릿발 같은 어조로 사리를 따지며 아들의 청을 단호하게 거절하고 있다.

스스로의 비굴함을 절대 용납할 수 없는 다산의 꼿꼿한 자세가 비장하게 느껴진다.

다산은 이 편지를 쓴 뒤 2년이 지나 유배에서 풀려났다.

# 우리 집안의 가풍 1_

우리 집안에는 다른 집안과 다른 가풍이 있다. 대략 요약해 말하면 다음과 같다.

첫째는 근신(謹身)이다.

국가가 혼란한 시기에 드높은 충성과 매서운 절의로 나라를 위해 목숨을 바친 적은 없었다. 그러나 윗사람의 뜻을 순종하기만 하여 비리를 저지른 적도 없었고, 권세에 빌붙어 나쁜 일을 한 적도 없었다. 세상의 기미를 살펴 미리 떠남으로써 환난에 휩쓸리지 않았다. 그러나 군주를 잘 보필하는 어진 신하로서의 직분을 잃지는 않았다.

둘째는 수졸(守拙)2_이다.

어떤 일을 대하면 먼저 장래에 대한 염려부터 하므로 겉으로는 겁이 많은 듯하지만 속으로는 올곧고 확고하다. 일체의 권력 다툼에서 늘 몸을 사려 앞장서지 않았다. 그러므로 크게 이긴 적도 없었지만 크게 패배한 적도 없었다. 벼슬한 사람만 그런 게 아니었다. 벼슬 없이 재야에 있던 사람도 이처럼 집안을 다스리고 일을 처리하였다. 그러므로 출세하여도 큰 벼슬은 하지 않았

---

1_ 다산이 자기 집안의 가풍을 서술한 글은 두 가지가 있다. 하나는 「제가승초략」(題家乘抄略)이고, 다른 하나는 「제가승촬요」(題家乘撮要)다. 전자와 후자는 겹치는 부분이 많은데, 전자에 있는 내용이 후자에는 빠진 게 있다. 그런데 '초략'과 '촬요'라는 책 제목의 성격으로 볼 때, 전자가 먼저 쓰인 글이고 후자가 나중에 쓰인 글이라고 생각된다. 요컨대, 전자의 내용을 다시 정리한 글이 후자라고 판단된다. 이 우리말 번역문은 후자를 옮긴 것이다.

2_ 수졸(守拙): 가진 게 보잘것없고 처세에 서툴지만 자신의 분수를 지킨다는 뜻.

3_ 충정공(忠靖公): 정응두(丁應斗, 1508~1572)의 시호. 명종 때 병조참판·예조참판·한성부판윤·병조판서·우찬성·좌찬성 등의 벼슬을 두루 역임하였다.

고, 출세하지 않아도 큰 부자는 되지 않았다.

셋째는 선량(善良)이다.

대체로 정씨 성을 가진 사람은 마음이 선량하고 독기가 없다. 독기가 없다는 것은 악감을 품지 않는다는 말과 같다. 물론 집안사람들 간에도 서로 다른 점이 있긴 하나, 묵은 원한을 품고 있거나 남에게 보복하지 않는다는 점은 공통적이다.

우리 집안 9대가 홍문관 벼슬을 한 데 대해 세상에서 부러워하고 칭찬한다. 그런데 우리 집안에서 하지 않은 벼슬이 셋 있으니, 정승·이조판서·대제학이 그것이다. 만약 충정공3_께서 조금만 더 진출하셨다면 어찌 그런 벼슬을 못했겠는가? 한 걸음 물러섰을 따름이다. 한 걸음 물러서는 처신법은 단지 벼슬살이에만 해당되는 게 아니다. 마을 사람과 친족들을 대할 때도 이런 법도를 지켜, 남을 앞서려고 하지 말고 중도를 따르는 것을 원칙으로 삼아야 옳다.

근신·수졸·선량 — 다산이 집안의 후손들에게 삶의 자세로서 강조하고 싶었던 덕목일 것이다. 근신과 수졸을 강조한 데서 다산이 겪은 모진 풍파의 흔적이 느껴진다. 선량을 강조한 데서 모진 풍파에도 훼손되지 않은 그의 선한 인간성이 느껴진다.

# 사치하지 마라

즐거움만 누리는 사람도 없고
복만 받는 사람도 없는 법인데
어떤 사람은 춥고 배고프며
어떤 사람은 호의호식하는가.
너는 길쌈 일도 하지 않았는데
어째서 아름다운 비단옷을 입는가.
너는 사냥도 하지 않았는데
어째서 고기를 배불리 먹는가.
열 집에서 먹을 음식을
어째서 한 사람이 먹어치우나.
한 달 동안 먹을 양식을
어째서 하루에 소비하는가.
잘 먹고 잘 입을 때는
어깨를 으쓱이며 뽐을 내고
남들도 너를 부러워하여
멋있다, 똑똑하다 말하겠지만
형편이 나빠지고 재물이 없어지면

누구에게 감히 잘난 체하겠는가.

거친 밥 먹으며

남루한 옷 입으면

남들도 너를 딱하게 여겨

어째서 갑자기 망했나 한다.

그 아내와 자식마저 멀리하면서

손가락질하고 경계로 삼는다.

즐거움은 천천히 누려야

늦도록 오래오래 누릴 수 있고

복은 남김없이 받지 않아야

후손에게까지 이르게 된다.

보리밥이 맛없다 말하지 마라

앞마을 사람들은 그것도 못 먹는다.

삼베옷 거칠다 말하지 마라

그것도 못 입어 헐벗는 사람 있다.

아, 나의 아들들아

나의 며느리들아

나의 말 경청하여

허물없이 처신하라.

---

다산이 사치하지 말라며 아들과 며느리를 경계한 것은 단지 집안 경제만을 위한 것이 아니었다. 검소한 태도는 힘들여 일하는 사람, 헐벗고 굶주리는 사람에 대한 인간으로서의 예의이기도 하다. 자기 자식을 타이르거나 나무라는 말에서도 다산은 항상 타인에 대한 배려와 보편적 윤리에 대한 고려를 소홀히 하는 법이 없다. 오늘날 부모 노릇 하는 사람들이 스스로를 돌이켜 봐야 할 부분이다.

해설

# 다산(茶山)의 마음

## 1

오늘날 많은 사람이 다산 정약용(茶山 丁若鏞, 1762~1836)을 '선생'이라 부른다. '다산'이라 부르거나 '정약용'이라 부르는 것보다 '다산 선생'이라 부르는 게 더 자연스럽게 느껴진다. 과거 인물 중에서 지금까지도 '선생'으로 불리는 사람은 많지 않다. 이처럼 다산은 오늘날 우리에게까지 존경의 염을 불러일으키는 인물이다. 그런 존경의 염은 그가 평생에 걸쳐 민중의 편에서서 현실의 부조리와 모순을 예리하게 비판했으며, 18년간의 유배 생활 동안 불굴의 의지로 방대한 저술을 남겼다는 점과 주로 관련이 있는 것 같다. 실제로 다산은 시대를 초월하여 참된 지식인의 귀감이 되는 분이다.

그런데 참된 지식인으로서의 다산의 모습은 밖으로 드러난 그의 모습이다. '밖'은 '안'과 연결되어 있다. 한 인물을 잘 이해하기 위해서는 그 사람의 안과 밖을 두루 볼 수 있어야 할 터이다. 사람은 사회적 존재이면서 동시에 내면적 존재이고, 개인적 존재, 가족 내적 존재이기도 하다. 한 인물의 안과 밖, 내면과 외면, 사적인 측면과 공적인 측면, 지적인 측면과 정서적 측면, 말과 삶을 두루 살핌으로써 그 사람을 보다 깊이 있고 온전하게 이해할 수 있을 것이다.


## 2

다산은 스스로에 대해 정직하고 성실한 사람이었다. 평생 자기성찰을 게을리 하지 않았다. 유학자라면 누구나 성찰과 수양을 강조하지만, 다산의 자기성찰은 매우 진지하고 투철했다. 28세에 관직에 진출한 이래로 40세에 유배를 떠나기까지 정적들의 끊임없는 비방과 공격을 받았고, 그래서 그의 관직 생활은 상당히 험난했다. 이러한 상황으로 인하여 그의 내적 성찰은 더욱 깊어졌던 것으로 보인다.

젊은 시절 다산의 성찰을 가장 잘 보여 주는 글로는 「퇴계 선생을 우러르며」가 있다. 34세 때 다산은 충청도의 금정역 찰방으로 좌천되어 5개월 가량 근무하였다. 이 시절 다산은 매일 새벽마다 『퇴계집』의 편지 글을 한 대목씩 읽었고, 그에 대한 자신의 생각을 글로 남겼다. 퇴계 선생의 글을 읽으며 퇴계의 마음을 읽고 자신의 마음을 읽고, 자신의 언행을 반성한 것이다. 다산은

"보통 사람들은 대개 어수선하여 스스로를 점검하고 성찰하지 않는다. 그러므로 비록 백 가지, 천 가지 병통이 있지만 보고도 도무지 잡아내질 못한다"라고 하며 자기성찰의 공부가 지극하지 않으면 안 된다고 했다. "우리는 허물이 있는 사람"이라며 다산 은 다음과 같이 말한다.

세상을 우습게 여기고 남을 깔보는 것이 한 가지 허물이고, 재 주와 능력을 뽐내는 것이 한 가지 허물이고, 영예를 탐내고 이 익을 좋아하는 것이 한 가지 허물이고, 남에게 베푼 것을 잊지 못하고 원한을 떨치지 못하는 것이 한 가지 허물이고, 생각이 같은 사람과는 한 패거리가 되고 생각이 다른 사람은 공격하 는 것이 한 가지 허물이고, 잡스런 책 보기를 좋아하는 것이 한 가지 허물이고, 함부로 남다른 견해만 내놓으려고 애쓰는 것이 한 가지 허물이니, 가지가지 온갖 병통들을 이루 다 헤아 릴 수가 없다. 여기에 딱 맞는 처방이 하나 있으니 '고칠 개 (改)' 자가 그것이다.

—「퇴계 선생을 우러르며」 중에

이 대목을 읽으면 스스로 무엇을 반성해야 하는지도 모르고 대충 살아가는 우리 자신이 부끄럽게 여겨진다.

다산의 자기성찰은 모호하거나 피상적이지 않고, 매우 구체적이고 실제적이다. 지방의 말직으로 좌천되어서도 마음가짐은 어떻게 하고 공무수행은 어떻게 해야 하는지 조목조목 따져본다(「좌천의 즐거움과 괴로움」). 깐깐하게 자기 원칙을 지키는 게 중요하지만 때로는 잠시 소신을 굽히고 현실과 지혜롭게 타협할 필요가 있음을 깨닫기도 한다(「관아를 새로 짓고」). 꼭 하지 않으면 안 되는 일인가, 온 세상에 떳떳한 일인가를 생각하며 매사에 신중하게 처신하려고 노력한다(「'여유당'이라 이름 붙인 뜻」).

그러나 다산은 40세 되던 해에 신유박해에 연루되었고 이후 18년 동안 유배 생활을 하게 되었다. 자신과 처자의 미래는 알 수 없었고, 둘째 형님은 귀양을 갔고, 셋째 형님은 사형을 당했으며, 가까운 동료들은 관직에서 물러나거나 유배형을 당했다. 다산이 겪어야 했던 좌절과 고통, 불안과 고독은 이루 말할 수 없었으리라. 그러나 다산은 그런 가운데서도 자신을 돌아보고 자신의 삶을 돌아보았다.

나는 '나'를 허투루 간수하였다가 '나'를 잃은 사람이다. 어렸을 때는 과거 시험을 좋게 여겨 그 공부에 빠져 있었던 것이 10년이다. 마침내 조정의 벼슬아치가 되어 사모관대에 비단

도포를 입고 백주 대로를 미친 듯 바쁘게 돌아다니며 12년을
보냈다. 그러다 갑자기 상황이 바뀌어 친척을 버리고 고향을
떠나 한강을 건너고 문경 새재를 넘어 아득한 바닷가 대나무
숲이 있는 곳에 이르러서야 멈추게 되었다.

—「'나'를 지키는 집」 중에

다산은 지나간 인생이 진정한 '나'를 잃어버리고 살았던 시
간임을 깨닫고, 이제 온전한 '나'로서 살아갈 것을 다짐한다. 이
런 통절한 자기반성이 있었기에 유배 생활을 오히려 참된 삶을
위한 좋은 기회라고 여기고, 긴 세월을 흔들림 없이 변함없이 불
철주야 학문과 저술에 매진할 수 있었다.

유배지의 고독과 궁색함 속에서도 자신의 생각과 외모와 말
과 행동을 바르게 살폈고(「네 가지의 마땅함」), 즐거움과 괴로움
의 감정을 잘 관찰하여 거기에 함몰되지 않으려 노력하였으며
(「괴로움은 즐거움의 뿌리다」), 소유를 부러워하지도 가난을 두
려워하지도 않으며(「가진 것은 덧없다」), 사는 것을 하늘에 맡기
고자 했다(「어떻게 살 것인가」). 그리하여 삶의 무상함을 순순히
받아들이고 편안히 여기며(「떠 있는 삶」), 바로 지금 여기 이곳
의 삶에 최선을 다하고자 하였다(「바로 '이'」).

다산의 진지한 자기성찰은 그의 인격과 삶과 학문의 가장 중

요한 바탕을 이루고 있다.


## 3

유학은 기본적으로 사대부 남성의 학문으로서, 수기치인(修己治人: 자신을 수양하고 세상을 바르게 다스림)을 궁극의 목표로 삼는다. 따라서 조선 시대 사대부 남성이라면 대개 백성을 생각하고 세상을 걱정하는 마음을 다소간 가지고 있거나, 혹은 가진 시늉이라도 하는 게 당연하였다. 하지만 다산처럼 평생토록 진심으로 민중의 편에 서서 현실의 부조리와 모순을 예리하고 철저하게 비판한 사람은 드물다.

다산은 참된 시란 어떤 것인가에 대해 언급하면서 "세상을 근심하고 백성을 가련하게 여겨, 구해 주고 싶지만 힘이 없고 도와주고 싶지만 재물이 없어서 방황하고 슬퍼하며 차마 그만두지 못하는 뜻이 있어야 바야흐로 시라고 할 수 있다"(「참된 시란?」)라고 말한 적이 있다. 이는 다산시(茶山詩)[1]의 핵심만이 아니라 그의 현실과 민중에 대한 마음자세를 단적으로 보여 주는 말이다.

어떻게 해야 현실의 부조리와 모순을 타파할 수 있을까? 어떻게 해야 진정으로 백성을 위한 정치를 할 수 있을까? 어떻게

---

1_ 다산의 시에 관심이 있는 분들은 송재소 선생의 『다산시선』(창작과비평사, 1981) 및 최지녀 편역 『다산의 풍경』(돌베개, 2008)을 읽으시기 바란다.

해야 하늘 아래 굶주린 사람이 사라질 수 있을까? 다산은 평생 이러한 물음을 그만두지 않았다. 그에 대한 모색이 토지 제도 및 정치 제도에 관한 소(小)논문들, 일련의 애민시(愛民詩)들, 만년의 2서 1표(『목민심서』, 『흠흠신서』, 『경세유표』)의 저술 등으로 현실화되었다.

다산 사상의 비판성과 혁신성은 그의 소논문들에서 가장 선명하게 드러난다. 다산은 백성들의 빈곤과 기아를 근본적으로 해결하기 위해서는 토지 제도의 개혁이 급선무라고 여겼다. 그리하여 토지의 균등한 분배(「토지는 균등하게 분배되어야 한다」), 농사짓는 사람이 토지를 소유하는 경자유전(耕者有田)의 원칙, 토지의 공동 소유 및 노동에 따른 분배(「토지의 공동 소유를 제안함」)를 골자로 하는 여전법(閭田法)을 주장하기에 이르렀다. 다산의 여전법 사상은 서구와는 별도로 조선에서 창안된 일종의 공산주의 사상으로서 전통 시대 동아시아 사회경제 사상의 정점을 보여 주는 것이라고 할 수 있다.

또한 중세적 위계질서에 기초한 억압적 정치 제도를 신랄하게 비판하면서, 참된 권력의 원천은 백성에게 있으며 모든 공직자는 백성을 위해 복무해야 하고(「목민관은 누구를 위해 있는가?」), 부패하고 무능한 권력에 대한 아래로부터의 저항은 정당한 것이라는 점(「신하가 임금을 몰아낼 수 있는가?」)을 강력하게 주장함으로써 자생적 민권 사상의 토대를 마련하였다.

다산의 사회 비판은 책상물림의 탁상공론이나 지식인의 자기 현시나 권력 투쟁의 이념적 도구가 아니었다. 현실에 대한 문제의식과 민중의 고통에 대한 연민에서 비롯된 것이었다. 이런 사실은 「파리를 조문한다」와 「백성들이 죽어 가고 있다」에서도 쉽게 확인된다.

강진 유배 시절인 1809년에 유래 없는 가뭄으로 큰 흉년이 들어 백성들이 굶주리고 유랑하는 상황이 벌어졌다. 다산은 자신이 목도한 지방 관리들의 무능과 부패, 그로 인한 백성들의 참상을 낱낱이 기록하며 현실을 냉철하고 자세하게 분석하고, 더 큰 재앙이 다가올 것임을 예고하였다. 과연 이듬해 기근과 전염병으로 수많은 백성이 죽어 도처에 시신이 산처럼 쌓이고 엄청난 파리떼가 생겨나는 참혹한 사태가 벌어졌다. 다산은 굶주려 죽은 백성이 파리떼로 변한 것이라 슬퍼하며 백성의 넋을 위로하는 조문을 썼다. 다산의 글을 읽으면 진정한 연민이란 그처럼 절절하고 그처럼 비통한 것이며, 모름지기 구체적인 현실 파악과 냉철한 비판에 근거해야 되는 것임을 깨달을 수 있다.

다산 사상의 비판성과 혁신성은 자신과 세계에 대한 투철한 응시, 고통 받는 사람들에 대한 깊은 연민으로 인해 더욱 치열하고 근본적인 것이 될 수 있었다.

**4**

다산은 진지하고 엄격하기만 한 사람이 아니었다. 꽃과 나무, 산과 물을 즐길 줄 알며, 가까운 사람들과 깊은 정을 나누기도 하고, 홀로 고요와 고독 속에 침잠하기도 하였다.

십 대 후반에는 지방에 부임한 아버지를 따라 화순·예천 등지에 머물며 인근의 정자와 산천을 구경하였고, 29세 때에는 단양의 산수를 구경하였다. 삼십 대에는 충청도 금정역의 찰방과 황해도 곡산의 부사를 지내면서 관내의 이름난 곳을 두루 찾아 구경하였다. 서울에 있을 때는 벗들과 한강이나 세검정의 경치를 완상하기도 했고, '죽란시사'(竹欄詩社)라는 모임을 만들어 살구꽃·복사꽃·연꽃·국화·분매(盆梅)가 필 때와 여름에 외가 익을 때, 겨울에 큰 눈이 내릴 때 모이기로 약속을 정하기도 했다.

삼십 대 후반에 이르러 관직 생활이 갈수록 험난해지자 다산은 장차 고향에 은거하며 작은 배를 집 삼아 처자와 함께 강물 위를 떠다니며 사는 것이 자신의 희망이라고 토로하였다(「내가 바라는 삶」). 유배 중에도 해마다 가을이면 백련사의 단풍을 구경하였고(「가을의 음악」), 노년에 이르러서는 두 차례나 배를 타고 북한강을 거슬러 오르며 곳곳을 유람하기도 했다.

다산은 꽃과 나무도 무척 좋아하여 직접 정원을 가꾸는 데

정성을 쏟았다. 서울에 살 때는 석류·국화를 비롯한 갖가지 꽃과 나무의 화분으로 작은 뜰을 가득 채웠고(「나의 아름다운 뜰」), 다산초당 시절에는 온갖 약초와 화초를 심고 직접 연못을 만들기도 했다.

다산은 화려하거나 유별난 것을 좋아하기보다는 고요하고 맑은 정취를 좋아하였다(「겨울 산사에서」, 「가을 맑은 물」). 벽에 비친 국화 그림자를 즐기는 모습에서는 다산이 수묵화처럼 절제된 아름다움을 좋아하였음을 알 수 있다(「벽 위의 국화 그림자」).

유배 이전의 다산이 단아한 선비의 미의식과 감성을 주로 보여 준다면, 은거를 계획하던 유배 직전이나 유배 이후의 다산은 은자적(隱者的) 정서와 감성을 보여 주기도 한다. 스스로 즐기고 스스로 만족하는 삶(「근심도 없이 두려움도 없이」), 담박하고 청량한 삶, 한가하면서도 한가하지 않은 삶(「바쁘지만 바쁘지 않은」)을 피력한 다산의 글에는 세속과 멀찍이 거리를 둔 초연미와 한적미가 깃들어 있다.

온갖 세속적인 번거로움과 욕심으로부터 상당히 자유로워졌다는 점에서 유배 시절의 다산은 은자와 같은 풍모를 띤다. 하지만 자신의 학문적 사명이나 세상에 대한 관심을 결코 잊을 수 없었다는 점에서는 여전히 독실한 선비이자 학자였다. 아름다운 음악에 귀 기울이듯, 가을 단풍을 음미하며 인생의 가을에 최선을 다짐하는 노(老)다산의 모습은 원숙하면서도 순수하다(「가을의 음악」).

## 5

다산은 가정적으로 궂은일을 많이 겪었다. 그는 아홉 살 때 어머니를 여의었다. 한창 어머니가 필요한 나이의 다산에게 어머니 역할을 대신 해 준 사람은 큰형수와 서모(庶母) 김씨였다. 두 여성은 어린 다산을 지성으로 보살폈다. 큰형수는 1780년 다산이 19세 때 세상을 떠났고, 서모 김씨는 1813년에 다산을 이제 다시는 보지 못하게 되었다는 한탄의 말을 남기고 세상을 떠났다. 다산은 두 여성의 묘지명을 통해 그들의 헌신과 사랑에 깊은 감사를 표하였다. 큰형수의 남동생은 초기 천주교 연구자 이벽(李檗, 1759~1786)이었던 바, 그 인연으로 인해 다산과 그의 형제들은 천주교에 입문하게 되었고, 나중에 온 집안이 풍파를 겪기도 하였다.

다산은 15세에 풍산 홍씨와 결혼하였다. 그와의 사이에 모두 6남 3녀를 낳았는데, 살아남은 아이가 2남 1녀였고, 죽은 아이가 4남 2녀였다. 죽은 아이들은 모두 만 세 살을 못 넘겼는데, 여섯 아이 중 다섯이 마마로 죽었다. 다산이 종두법(種痘法)에 각별한 관심을 갖고 중국의 문헌을 적극 구해 보고 실제 적용 사례를 고찰하여 「종두설」을 남긴 것은 아이들을 마마로 잃은 개인적인 체험과도 관련이 있는 것으로 보인다. 여러 아이의 죽음 하나하나가 다산에게는 가슴 아픈 일이었겠지만 유배 시절에 겪은 막내아들 농이의 죽음은 특히나 고통스러웠던 것 같다. 그렇잖아도 자신으로 인해 가족들이 현실적 어려움과 심적 고통을 겪게 된 데 대해 자책감이 컸던 다산은 유배지에서 막내아들이 죽었다는 소식을 뒤늦게 접하고는 아버지가 되어서 병든 어린 아들을 돌봐 주고 지켜 줄 수 없었다는 데 대한 깊은 회한을 절절히 토로하였다(「우리 농이」).

다산은 4남 1녀 중 막내였다.[2] 그런데 신유박해로 인하여 셋째 형님 정약종(丁若鍾, 1760~1801)과 자형 이승훈(李承薰, 1756~1801)이 참수형을 당했고, 둘째 형님 정약전(丁若銓, 1758~1816)은 다산과 함께 유배형에 처해졌다. 천주교가 빌미가 되어 온 집안이 그야말로 풍비박산이 났다. 신유박해는 정치적 각도에서 본다면 정조의 승하로 권력층이 교체되고 그로 인해 남인 핵심 세력이 권력 투쟁에서 철저히 패배한 사건이라고 할 수 있다. 다산은 남인의 중심 인물이었고 탁월한 재능으로 인

---

2_ 다산의 서모 김씨 소생으로 3녀 1남이 있었다. 서모 김씨의 아들은 다산의 서제(庶弟)가 되는데 이름은 약횡(若鐄)이다. 다산이 그에게 써 준 글 두 편이 남아 있는데, 간곡하고 자상한 조언이 인상적이다.

해 정조의 각별한 총애를 입었기에 집중 공격을 받을 수밖에 없었던 것이다. 다산이 과연 천주교 신앙을 지녔는가 여부에 대해서는 연구자들 사이에 이견이 있다. 다산 자신은 일찍이 정조 임금께 올린 상소문이나 노년의 「자찬묘지명」(自撰墓誌銘)을 통해 자신의 천주교 신앙을 부정한 바 있다. 사실과 진실을 무엇보다도 중시하던 그의 성품으로 미루어 볼 때, 다산이 스스로의 신앙이나 사상에 대해 거짓을 말했을 가능성은 희박해 보인다.

유배 기간 내내 다산에게 가장 큰 위로가 된 사람은 둘째 형님 정약전이었다. 다산은 강진에서, 정약전은 흑산도에서, 만 15년을 서로 몹시 그리워하면서도 한 번도 만나지 못했다. 그동안 다산은 자신의 일상생활이나 학문적 성과 등을 수시로 둘째 형님에게 편지로 써 보냈다. 형님과의 편지 왕래를 통해 다산은 고독감과 소외감을 떨칠 수 있었고, 형님의 격려에 힘입어 더욱 학문에 매진할 수 있었다. 다산이 55세 되던 해에 정약전은 흑산도에서 세상을 떠났다. 하늘 아래에서 유일하게 자신을 알아주던 사람이 세상을 떠났다며 통곡하는 다산의 모습은 참으로 비통하다(「아아, 둘째 형님」).

다산은 부인 풍산 홍씨와 60년을 해로하였다. 다산이 49세 되던 해, 유배지에서 다산은 아내가 시집올 때 입었던 치마 다섯 폭에 글을 써서 훗날 부모를 추억하라며 두 아들에게 서첩(書帖)

을 만들어 주었다(「아내의 치마폭에 쓰는 글」). 3년 후에도 다시 아내의 치마폭으로 아들에게는 서첩을, 시집가는 외동딸에게는 손수 매화와 새를 그린 족자를 만들어 주었다. 그런 다산의 모습에서 아내와 자녀에 대한 은근하면서도 애틋한 정을 느낄 수 있다.


## 6

　다산은 자신이 교유하거나 만난 사람들에 대한 기록을 많이 남겼다. 다산이 이런 기록을 남긴 동기는 기본적으로 '인간 존재의 의미는 역사적 기억을 통해 완성된다'는 유교적 신념과 깊이 연관되어 있다. 다산은 한 인간에 관한 사실과 진실을 기록으로 남김으로써, 그 사람이 역사적으로 바르게 기억되고 평가되길 원했다. 노년의 다산이 자신의 선배와 동료, 혹은 지인(知人)의 묘지명이나 유사(遺事) 등을 쓰는 데 공을 들인 것은 그러한 이유에서였을 것이다.[3]

　또한 다산은 자신에게 후의를 베풀어 준 사람들의 삶을 기록함으로써 그들에 대한 감사의 마음을 다소나마 표하려 한 경우도 많았다.[4] 다산의 그러한 마음은 「인술을 펼친 몽수」에서도

---

3_ 다산은 이가환, 권철신, 이기양, 정약전에 대한 묘지명에서 그들이 당대에 억울하게 비난받고 부당하게 평가되었음을 서술하였다. 재능과 인품을 갖추었으나 세상에 알려지지 못한 동료와 지인들에 대해서도 일일이 기록을 남겼다.

확인된다. 다산은 어릴 적 홍역을 앓았는데, 몽수의 의술에 힘입어 살아날 수 있었다. 다산은 그 은혜에 감사하는 마음으로 몽수의 처방을 보완하여 『마과회통』을 저술했고, 몽수의 전기를 써서 수많은 인명을 살려 내고도 한결같이 겸손하고 너그러웠던 그의 인품을 기렸다.

다산은 인간적 미덕을 갖춘 인물들에 대해서는 나이와 신분, 계층이나 성별에 구애되지 않고 진심으로 경의를 표했다. 강진에서 다산은 열 살 아래의 혜장 선사(惠藏禪師, 1772~1811)와 각별하게 교유하였고, 그의 탑명(塔銘)과 그의 스승인 화악 선사(華嶽禪師)의 비명을 썼다.

다산은 지방관 시절과 유배 시절에 민중적 인물들을 직접 접촉할 수 있었다. 곡산에서 다산은 이계심이라는 인물을 만난 적이 있다. 이계심은 천여 명의 백성을 이끌고 관가에 항의하다 도망친 사람이었다. 다산이 곡산에 부임하자 이계심은 백성의 고충을 호소하며 자수하였다. 다산은 정치가 잘못되는 까닭은 항의할 줄 아는 백성이 없어서라며 이계심을 칭찬하고 그를 석방하였다(「백성 이계심」).

어떤 편견이나 우월감 없이 인간을 공평하게 대하는 다산의 면모는 「예술가 장천용」에서도 잘 확인된다. 다산은 장천용의 통소 연주를 듣고 싶었지만 그를 억지로 데려오지는 말도록 하였

---

4_ 다산은 가족인 서모 김씨나 계부(季父)를 비롯하여, 유배 시절에 후의를 베풀어 준 윤서유(훗날 다산과 사돈이 되었다), 신유박해를 거치면서도 자신을 저버리지 않았던 윤규범·윤지눌·이주신 등에 대한 묘지명에서 그들에 대해 감사의 정을 표했다.

고, 술 취한 그를 따뜻하게 대하였으며, 그 예술적 재능과 감춰진 인간미를 깊이 이해하였다.

강진 시절에 세 들어 살던 주막집 노파에 대한 기록은 더욱 인상적이다. 다산은 "어머니의 노고가 더 큰데도 왜 유교에서는 아버지를 더 중시하느냐"는 노파의 질문을 경청하며 진지하게 대화를 나누고 그 생각에 경의를 표하였다. 민중적 인물을 대하는 다산의 태도에서 인간에 대한 진정한 예의를 발견하게 된다.

다산은 자신이 "선(善)을 몹시 좋아했지만 비방을 유독 많이 받았다"고 말한 적이 있다. 다산은 올바름과 선함을 무척 좋아한 사람이었다. 그래서일까? 다산이 사람을 볼 때에도 그들의 올바름, 순수함, 선량함을 주목한 경우가 많았다.


# 7

다산에게는 두 아들이 있었다. 다산이 유배 생활을 시작했을 때, 큰아들 학연(學淵)은 19세였고, 둘째 아들 학유(學游)는 16세였다. 다산은 처음에는 두 아들에게 간단하게 안부를 전했다. 그러나 이듬해부터는 장문의 편지를 자주 보냈고, 아들이 유배지에 왔다가 집으로 돌아갈 때는 작별의 글을 써 주기도 했다.5_

5_ 다산의 편지 글들은 일찍이 박석무 선생의 『유배지에서 보낸 편지』를 통해 일반인들에게 널리 소개된 바 있다. 1979년에 시인사에서 나온 초판본을 필자는 아직도 간직하고 있다. 1991년에 개정증보판이 창작과비평사에서 나온 바 있다. 본 선집에서는 일반인들에게 공감이 될 만한 내용만 대폭 추려 소개했다. 더 많은 다산의 편지글을 보고 싶은 분은 『유배지에서 보낸 편지』를 읽으시기 바란다. 그리고 다산의 생애 전반에 대해 자세하게 알고 싶은 분은 박석무 선생의 『다산 정약용 유배지에서 만나다』(한길사, 2003)를 읽으시기 바란다.

두 아들은 한창 학문에 정진해야 할 나이였다. 그러나 자신으로 인해 집안은 폐족(廢族)이 되었고, 아이들은 좌절했고 미래에 대한 희망을 잃었다. 곁에 있다면 달래고 타이르고 꾸짖으며 그 마음을 다잡아 줄 수도 있으련만, 자신은 천 리 먼 곳에 떨어져 있었다. 두 아들을 마냥 내버려 둘 수 없는 안타까운 심정에서 다산은 장문의 편지를 쓰기 시작했다.

다산의 가르침은 마음가짐과 학문하는 방법과 일상의 범사(凡事) 등 삶과 학문의 전반에 걸쳐 있다. 그 어조는 절절하고 자상하며 따뜻하고 준엄하다. 그 가르침의 내용은 바르고 크다. 바르고 크면 혹 공허할 수도 있건만 자세하고 구체적이다. 상황에 따라 시간의 흐름에 따라 가르침의 세부 내용에는 변화가 있지만 근본적인 원칙에는 변함이 없었다. 자신의 소신과 아들에게 한 말이 다르지 않았고, 아들에게 한 말이 제자나 남들에게 한 말과도 다르지 않았다. 그리고 말로 한 가르침이 평소 행동으로 보여 준 가르침과도 다르지 않았다.

다산이 아들에게 써 준 글을 읽노라면, 흡사 우리 자신이 자녀가 되고 제자가 되어 생생하게 그 음성을 듣고 있는 듯한 느낌이 든다. 그 꾸짖음에 마음이 숙연해지고, 그 절절함에 가슴이 뭉클하기도 한다.

자신의 아들에게 들려준 말을 통해 다산이 오늘날 우리에게 주는 가르침은 무엇일까?

어떤 곤경과 고통 속에서도 결코 포기하거나 좌절하지 말라는 것이다. 다산 자신이 그랬듯이 불굴의 정신으로 현실을 헤쳐 나가야 한다는 것이다.

말과 생각과 행동을 바르게 가지라는 것이다. 마음과 언행이 바르지 않고서는 제대로 된 인간이 될 수 없다는 것이다.

높은 기상과 너그러운 마음을 가지라는 것이다. 비천하고 저속한 일에 골몰하며 인생을 낭비하거나, 편협한 마음으로 자신과 주변 사람들을 괴롭혀서는 안 된다는 것이다.

독립적이고 당당하라는 것이다. 비굴하거나 남에게 의존해서는 안 된다는 것이다.

근면하고 검소하라는 것이다. 부지런히 살고 딱 필요한 그 이상의 욕심을 부리지 않는 게 사람의 도리라는 것이다.

전심전력 자신의 삶에 최선을 다하라는 것이다.

그리고 어떤 경우에도 선함을 잃지 말라는 것이다.

정약용 연보

작품 원제

찾아보기

# 정약용 연보

1762년(영조 38), 1세 — 6월, 경기도 광주군(廣州郡) 초부면(草阜面) 마현(馬峴: 우리 말로는 마재), 곧 현재 경기도 남양주시 조안면 능내리에서 아버지 정재원(丁載遠)과 어머니 해남 윤씨(海南尹氏) 사이 에서 태어나다.

1770년(영조 46), 9세 — 어머니 해남 윤씨가 세상을 떠나다.

1776년(영조 52), 15세 — 2월, 풍산(豊山) 홍화보(洪和輔)의 딸과 혼인하다.

1778년(정조 2), 17세 — 아버지의 임소(任所)인 전라도 화순에 머물며 인근 동림사 (東林寺)에서 독서하다. 「겨울 산사에서」를 쓰다.

1779년(정조 3), 18세 — 성균관에서 시행하는 승보시(陞補試)에 선발되다. 겨울, 천 진암(天眞菴) 주어사(走魚寺)에서 강학회(講學會)를 열다.

1783년(정조 7), 22세 — 2월, 세자 책봉을 축하하는 증광감시(增廣監試)의 경의(經義) 초시(初試)에 합격하다. 4월, 회시(會試)에서 진사(進士)에 합격하여 정조를 알현하다. 9월, 장남 학연(學淵) 태어나다.

1784년(정조 8), 23세 — 여름, 율곡 이이(栗谷 李珥)의 설(說)을 원용한 『중용강의』(中 庸講義)를 정조에게 바쳐 큰 칭찬을 받다. 배를 타고 두미협 (斗尾峽: 지금의 하남시 검단산과 남양주시 예봉산 줄기가 이 루었던 한강의 협곡)을 내려오면서 맏형 정약현(丁若鉉)의 처 남인 이벽(李蘗)으로부터 서학(西學)에 대해 처음 전해 듣다.

1786년(정조 10), 25세 — 7월, 차남 학유(學遊) 태어나다.

1789년(정조 13), 28세 — 3월, 대과(大科)에 급제하여 희릉(禧陵: 중종의 계비繼妃 장 경왕후章敬王后의 능) 직장(直長)에 임명되다. 초계문신(抄 啓文臣: 정조가 선발하여 일정 기간 학문을 연마하도록 격려 하고 뒷받침했던 젊고 유능한 관료)이 되어 『대학』(大學)을 강의하다. 겨울, 한강에 놓을 배다리[舟橋]를 설계하다.

1790년(정조 14), 29세 — 3월 8일, 해미현(海美縣)으로 정배(定配)되었다가 19일 풀려 나다.

1792년(정조 16), 31세 — 4월, 진주목사(晋州牧使)로 있던 아버지가 임지에서 별세하 다. 겨울, 수원 화성(華城)을 설계하고 거중기(擧重機: 도르래 원리를 이용하여 무거운 물건을 들도록 만든 기구)와 녹로(轆 轤: 물레라고도 불리는 회전반)를 고안하여 수원성 축조에 이용하다.

1794년(정조 18), 33세 ─ 6월, 삼년상을 마치다. 경기도 적성(積城)·마전(麻田)·연천(漣川)·삭녕(朔寧) 지방의 암행어사로 임명되어 민정을 살피다. 「벽 위의 국화 그림자」를 쓰다.

1795년(정조 19), 34세 ─ 사간원(司諫院) 사간(司諫)·동부승지(同副承旨)·병조참의(兵曹參議)·우부승지(右副承旨) 등에 제수되다. 7월, 중국인 신부 주문모(周文謨)의 밀입국 사건에 연루되어 충청도 금정찰방(金井察訪)으로 좌천되다. 10월, 봉곡사(鳳谷寺)에서 성호 이익(星湖 李瀷)의 유저를 교정하기 위해 다산을 포함해 13명의 학자가 모여 열흘 동안 강학회를 열다. 「좌천의 즐거움과 괴로움」, 「퇴계 선생을 우러르며」, 「기이한 승려」 등을 쓰다.

1796년(정조 20), 35세 ─ 10월, 규장각 교서(校書)가 되어 『사기영선』(史記英選)과 『규운옥편』(奎韻玉篇)의 편찬에 참여하다. 「임금님의 깊은 마음」을 쓰다.

1797년(정조 21), 36세 ─ 윤6월, 황해도 곡산부사가 되어 1799년 4월까지 재직하다. 홍역 치료법을 기술한 『마과회통』(麻科會通)을 짓다.

1798년(정조 22), 37세 ─ 「관아를 새로 짓고」, 「술자리에서 사람 보는 법」 등을 쓰다.

1799년(정조 23), 38세 ─ 5월, 형조참의(刑曹參議)에 제수되어 많은 옥사(獄事)를 처리하다. 「사형조참의소」(辭刑曹參議疏)를 올리다.

1800년(정조 24), 39세 ─ 6월, 정조가 승하하다. 겨울, 귀향하여 날마다 형제들이 함께 모여 경전을 강하다. 「내가 바라는 삶」, 「'여유당'이라 이름 붙인 뜻」을 쓰다.

1801년(순조 1), 40세 ─ 2월, 이른바 '책롱(册籠) 사건'이 발단이 되어 경상도 포항의 장기(長鬐)로 유배되다. 셋째 형 정약종과 자형 이승훈(李承薰)은 참수되고, 둘째 형 정약전은 전라도 신지도(薪智島)로 유배되다. 「'나'를 지키는 집」을 쓰다. 10월, 조카사위 황사영(黃嗣永)이 신유박해(辛酉迫害)의 전말과 대책을 중국에 알리기 위해 쓴 글이 발각된 '황사영 백서 사건'으로 다시 투옥되었다가 다산은 강진(康津)으로, 정약전은 흑산도(黑山島)로 유배되다.

1805년(순조 5), 44세 ─ 강진으로 큰아들 학연이 찾아오다. 이에 보은산방(報恩山房)
으로 가 『주역』(周易)과 『예기』(禮記)를 가르치다. 「화악 선
사」를 쓰다.

1808년(순조 8), 47세 ─ 봄, 강진 읍내를 떠나 귤동(橘洞)의 다산(茶山)으로 거처를 옮
기다. 『주역심전』(周易心箋), 『역학서언』(易學緒言)을 완성
하다.

1810년(순조 10), 49세 ─ 장남 학연이 억울함을 호소하여 순조 임금이 다산의 '방축향
리』(放逐鄕里)를 명하다. 그러나 사헌부의 대계가 있어 석방
되지 못하다. 「파리를 조문한다」를 쓰다.

1811년(순조 11), 50세 ─ 역대의 우리 영토와 지리를 고증한 『아방강역고』(我邦疆域
考)를 완성하다. 「효자 정관일」을 쓰다.

1812년(순조 12), 51세 ─ 『춘추고징』(春秋考徵)을 완성하다.

1813년(순조 13), 52세 ─ 『논어고금주』(論語古今注)를 완성하다. 「괴로움은 즐거움의
뿌리다」, 「가진 것은 덧없다」를 쓰다.

1814년(순조 14), 53세 ─ 4월, 사헌부 장령(掌令) 조장한(趙章漢)이 다산에 관한 대계
를 정지시키다. 의금부에서 공문을 발송하여 다산을 석방시
키려 했는데, 강준흠(姜浚欽)이 상소하여 저지하다. 『맹자요
의』(孟子要義), 『대학공의』(大學公議), 『중용자잠』(中庸自箴)
을 완성하다.

1816년(순조 16), 55세 ─ 둘째 형님 정약전이 세상을 떠나다. 『악서고존』(樂書孤存)을
완성하다.

1817년(순조 17), 56세 ─ 훗날 『경세유표』(經世遺表)가 된 『방례초본』(邦禮草本)을 집
필하였으나 완성하지는 못하다. 국가 통치 질서의 근본을 새
롭게 정립하는 데 목적을 둔 책이다.

1818년(순조 18), 57세 ─ 지방관의 역할을 밝혀 씀으로써 조선 사회의 개혁을 역설한
『목민심서』(牧民心書)를 짓다. 8월, 유배에서 풀려나 마재의
집으로 돌아오다.

1819년(순조 19), 58세 ─ 형벌 집행의 엄중한 원리를 서술한 『흠흠신서』(欽欽新書)를
완성하다. 우리말의 어원과 용법을 밝힌 『아언각비』(雅言覺
非)를 완성하다.

1822년(순조 22), 61세 ── 회갑을 맞아 자신의 생애와 학문 세계를 총괄하여 서술한 방
대한 분량의 「자찬묘지명」(自撰墓誌銘)을 짓다.

1836년(헌종 2), 75세 ── 2월 22일, 회혼일(回婚日)을 맞아 친지와 제자가 모두 모인
가운데 세상을 떠나다. 유언에 따라 여유당 뒤편의 언덕에 장
사지내다.

1910년(순종 4) ── 일본에 강점되기 직전인 8월 19일, 정헌대부(正憲大夫) 규장
각 제학(奎章閣提學)으로 추증되고 문도공(文度公)이라는 시
호를 받다(이날 연암 박지원도 문도文度라는 시호를 받다).

# 작품 원제

## 나를 찾아서

· '나'를 지키는 집 ── 수오재기(守吾齋記) 021p

· 좌천의 즐거움과 괴로움 ── 오죽헌기(梧竹軒記) 025p

· 퇴계 선생을 우러르며 ── 도산사숙록(陶山私淑錄) 027p

· 관아(官衙)를 새로 짓고 ── 곡산정당신건기(谷山政堂新建記) 034p

· '여유당'(與猶堂)이라 이름 붙인 뜻 ── 여유당기(與猶堂記) 037p

· 네 가지의 마땅함 ── 사의재기(四宜齋記) 040p

· 떠 있는 삶 ── 부암기(浮菴記) 042p

· 유배 생활 12년 ── 답중씨(答仲氏) 046p

· 괴로움은 즐거움의 뿌리다 ── 증별이우후시첩서(贈別李虞侯詩帖序) 050p

· 가진 것은 덧없다 ── 위윤종심증언(爲尹鍾心贈言) 053p

· 어떻게 살 것인가 ── 우위정수칠증언(又爲丁修七贈言) 056p

· 바로 '이'〔斯〕 ── 어사재기(於斯齋記) 058p

## 파리를 조문(弔問)한다

· 목민관은 누구를 위해 있는가? ── 원목(原牧) 063p

· 토지는 균등하게 분배되어야 한다 ── 전론 1(田論一) 066p

· 토지의 공동 소유를 제안함 ── 전론 3(田論三) 068p

· 선비도 생산적인 노동을 해야 한다 ── 전론 5(田論五) 070p

· 신하가 임금을 몰아낼 수 있는가? ── 탕론(湯論) 072p

· 고구려는 왜 멸망했을까? ── 고구려론(高句麗論) 076p

· 음악은 왜 필요한가? ── 악론 2(樂論二) 078p

· 참된 시(詩)란? ── 시양아(示兩兒) 080p

　　　　　　　　기연아무진동(寄淵兒戊辰冬) 081p

　　　　　　　　위초의승의순증언(爲草衣僧意洵贈言) 081p

· 정치 잘하는 법 ── 위영암군수이종영증언(爲靈巖郡守李鍾英贈言) 083p

· 술자리에서 사람 보는 법 ── 부용당기(芙蓉堂記) 086p

· 파리를 조문한다 ── 조승문(弔蠅文) 089p

· 백성들이 죽어 가고 있다 —— 여김공후이재ㅇ기사유월(與金公厚履載ㅇ己巳六月) 094p

## 가을의 음악

· 겨울 산사(山寺)에서 —— 동림사독서기(東林寺讀書記) 101p
· 가을 맑은 물 —— 추수정기(秋水亭記) 103p
· 나의 아름다운 뜰 —— 죽란화목기(竹欄花木記) 105p
· 벽 위의 국화 그림자 —— 국영시서(菊影詩序) 108p
· 부처 사는 삶 —— 기원기(寄園記) 111p
· 임금님의 깊은 마음 —— 규영부교서기(奎瀛府校書記) 114p
· 내가 바라는 삶 —— 소상연파조수지가기(苕上煙波釣叟之家記) 116p
· 취한 사람, 꿈꾸는 사람 —— 취몽재기(醉夢齋記) 119p
· 집 —— 중수만일암기(重修挽日菴記) 122p
· 가을의 음악 —— 유련사관홍엽시서(游蓮寺觀紅葉詩序) 124p
· 근심도 없이 두려움도 없이 —— 제산인지장자(題山人紙障子) 126p
· 바쁘지만 바쁘지 않은 —— 제장상인병풍(題藏上人屛風) 128p

## 우리 농(農)이가 죽다니

· 내 어린 딸 —— 유녀광지(幼女壙志) 133p
· 우리 농이 —— 농아광지(農兒壙志) 136p
· 자식 잃은 아내 마음 —— 답양아임술심이월(答兩兒壬戌十二月) 140p
· 아아, 둘째 형님 —— 기양아병자유월십칠일(寄兩兒丙子六月十七日) 142p
· 그리운 큰형수님 —— 구수공인이씨묘지명(丘嫂恭人李氏墓誌銘) 145p
· 아내의 치마폭에 쓰는 글 —— 제하피첩(題霞帔帖) 148p

## 밥 파는 노파

· 예술가 장천용 —— 장천용전(張天慵傳) 153p
· 백성 이계심 —— 자찬묘지명집중본(自撰墓誌銘集中本) 156p

· 인술을 펼친 몽수 ····· 몽수전(蒙叟傳) 158p

· 효자 정관일 ····· 정효자전(鄭孝子傳) 163p

· 화악 선사(華嶽禪師) ····· 화악선사비명(華嶽禪師碑銘) 168p

· 기이한 승려 ····· 유오서산기(游烏棲山記) 172p

· 밥 파는 노파 ····· 상중씨(上仲氏) 174p

## 멀리 있는 아이에게

· 첫 유배지에서 ····· 기양아(寄兩兒) 179p

· 오직 독서뿐 ····· 기이아임술십이월십이일(寄二兒壬戌十二月卅二日) 182p

· 새해 첫날 ····· 기양아계해원일(寄兩兒癸亥元日) 188p

· 남의 도움을 바라지 마라 ····· 기양아(寄兩兒) 193p

· 가을 하늘을 솟아오르는 한 마리 매처럼 ····· 신학유가계(贐學游家誡) 196p

· 두 글자의 부적 ····· 우시이자가계(又示二子家誡) 200p

· 재물을 오래 간직하는 법 ····· 시이자가계(示二子家誡) 204p

· 천하의 두 가지 큰 기준 ····· 답연아병자오월초삼일(答淵兒丙子五月初三日) 206p

· 우리 집안의 가풍 ····· 제가승촬요(題家乘撮要) 211p

· 사치하지 마라 ····· 사잠(奢箴) 213p

# 찾아보기

| ㄱ |

강준흠(姜浚欽)  206, 207, 209, 210

강진(康津)  40~42, 48, 50, 51, 59, 84,
  96, 124, 136, 137, 142, 143, 148,
  168, 174, 187

걸(桀)  72

경수창(耿壽昌)  50

고구려(高句麗)  76, 77

고연수(高延壽)  76, 77

고혜진(高惠眞)  76, 77

곡산(谷山)  34, 86, 136, 138, 153, 155,
  156, 183, 184

공자(孔子)  44, 47, 59, 166

공황(龔黃)  97

관각 문체(館閣文體)  184

국군(國君)  64

굴원(屈原)  119, 120

규장각(奎章閣)  114, 115, 117, 183

금정역(金井驛)  25

김이재(金履載)  94


| ㄴ |

나산 처사(羅山處士)  42

남주(藍洲)  51

『노자』(老子)  38

『논어』(論語)  44, 46, 47, 191


| ㄷ |

다산초당  42, 44, 55, 57, 199

당정(黨正)  63, 64

대둔사  168, 169

「도산사숙록」(陶山私淑錄)  27

도인법(導引法)  46

동림사(東林寺)  101, 102

두륜산(頭倫山)  122, 123, 168, 170

두보(杜甫)  81, 105

두운(斗雲)  122

『두진방』(痘疹方)  158


| ㅁ |

『마과회통』(麻科會通)  162

마마  133, 134, 136~138, 158, 161

마재  23, 134, 138, 139

마현(馬峴)  23, 134, 138

만연사(萬淵寺)  101

만일암(挽日菴)  122, 123

맹자(孟子)  23, 46, 56, 57, 101

명례방(明禮坊)  105

목민관(牧民官)  63~67

몽수(蒙叟)  158~162

무왕(武王)  74, 75

문공(文公)  58, 59

문암(門巖)  116

민명혁(閔命赫) 183

민자건(閔子騫) 166

| ㅂ |

바라밀(波羅密) 58

박제가(朴齊家) 114

밤남정 142

방백(方伯) 64

방축향리(放逐鄕里) 42, 210

백련사 124

범려(范蠡) 44

범중엄(范仲淹) 204

벽계(檗溪) 51

변려문(騈儷文) 183

보암산(寶巖山) 48

보은산방(寶恩山房) 168

『복수전서』(福壽全書) 129

부구옹(浮丘翁) 83, 84

부용당 86

불이성(不而城) 76

| ㅅ |

사관(査官) 86, 161

『사기』(史記) 72, 114, 115

사의재(四宜齋) 40, 41

삼우 선사(三愚禪師) 168, 169

상평법(常平法) 50

새재 22

서모(庶母) 김씨 146, 147

서불(徐市) 44

서산 대사 170

석숭(石崇) 204

석호(石湖) 116

선화당(宣化堂) 86, 87

소광(疏廣) 204

소내 23, 39, 116, 117, 134, 136

소동파(蘇東坡) 126, 198

소호(韶護) 78

『수경신주』(水經新注) 129

수오재(守吾齋) 21, 23, 24

순(舜)임금 47, 59, 73, 75, 78

『시경』(詩經) 46, 81, 179

신농씨(神農氏) 72

신유박해(辛酉迫害) 21, 23, 24, 39, 94, 138, 142

신종수(申宗洙) 172

신지도(薪智島) 23, 142, 179

신헌조(申獻朝) 183

심화오(沈華五) 106

| ㅇ |

아전 34, 35, 84, 91, 92, 96, 97, 156, 188

『악서고존』(樂書孤存) 79

양만춘 77

여유당(與猶堂) 37~39

여전법(閭田法) 68~71

역도원(酈道元) 128, 129

연개소문(淵蓋蘇文) 76, 77

연천현 145

염예(灩澦) 58, 59

염제(炎帝) 72

예원진(倪元鎭) 44

오계(奧溪) 116

오서산(烏棲山) 172, 173

오죽헌(梧竹軒) 25

우이보 143

원굉도(袁宏道) 116

월저 선사(月渚禪師) 169

유산(酉山) 117

육상산(陸象山) 47, 200

윤단(尹慱) 42, 124

윤무구(尹无咎) 106, 110

윤이서(尹彝敍) 106, 108, 109, 111, 112

윤종심(尹鍾心) 55

윤휴(尹鑴) 161

율곡(栗谷) 189

음악 22, 48, 51, 59, 78, 79, 101, 124, 125, 196

의돈(猗頓) 204

이계심(李啓心) 156, 157, 231

이기경(李基慶) 206, 207, 210

이기양(李基讓) 138

이민수(李民秀) 59, 60

이벽(李檗) 145

이시한(李是釬) 111

이의준(李義駿) 86, 88, 153

이익(李瀷) 190

이익진(李翼晉) 114

이정(里正) 63, 64

이종영(李鍾英) 84

이주신(李舟臣) 106, 110

이중협(李重協) 50, 51

이철환(李嵓煥) 158

이헌길(李獻吉) 158

이휘조(李輝祖) 106


| ㅈ |

장기(長鬐) 21, 137, 162, 181, 197

장자(莊子) 75, 120, 126

장지화(張志和) 44, 117

장천용(張天慵) 153, 155

「전론」(田論) 67, 69, 71

정관일(鄭寬一) 163

「정관편」(靜觀篇) 126

정시한(丁時翰) 190

정약전(丁若銓) 23, 142, 180

정약현(丁若鉉) 21, 145

정응두(丁應斗) 211

정자(程子) 59, 191

정조(正祖) 112, 114, 115, 117, 118, 136, 143, 179, 181

조괄(趙括) 185

조광조(趙光祖) 161

조장한(趙章漢) 207, 210

졸본(卒本) 76

「종두설」 162

종산(鐘山) 116

주소(周召) 97

『주역』(周易) 40, 41, 46, 48

주자(朱子) 32, 46, 47

주장(州長) 64

죽란시사(竹欄詩社) 106

증자(曾子) 166

진계유(陳繼儒) 126, 129

진시황(秦始皇) 44, 54, 64

| ㅊ |

찰방(察訪) 25~27, 173

채미숙(蔡邇叔) 106

채제공 111, 208

천주교 37, 136, 145, 183, 206

『촌병혹치』(村病或治) 162

추수정(秋水亭) 103, 104

| ㅌ |

탕(湯) 72, 75, 78, 94

토지 66~71

퇴계(退溪) 27, 33

『퇴계집』 27

| ㅍ |

평양 76, 77

폐족(廢族) 182, 184, 186, 189, 190, 209

| ㅎ |

하담 146

하피첩(霞帔帖) 148

학연(學淵) 117, 140, 179, 184, 210

학유(學游) 140, 180, 185

학초(學樵) 180

한혜보(韓傒甫) 106, 110

함영(咸英) 78

헌원씨(軒轅氏) 72

혜장(惠藏) 128, 168, 170

홍역 158, 159, 161, 162

홍의호(洪義浩) 206, 208, 210

홍인호(洪仁浩) 206, 208

화악 선사(華嶽禪師) 168~171

『화엄경』(華嚴經) 168

황령(黃嶺) 136

황왕(皇王) 64

황제(黃帝) 72, 75, 78

흑산도(黑山島) 23, 142, 143